BERTA SCHMIDT-ELLER

Am Ende bist Du immer noch da

CHRISTLICHES VERLAGSHAUS GMBH
STUTTGART

ABCteam

Bücher, die dieses Zeichen tragen, wollen die Botschaft von Jesus Christus in unserer Zeit glaubhaft bezeugen.

Das ABCteam-Programm umfaßt:

ABCteam-Taschenbücher
ABCteam-Paperbacks mit den Sonderreihen:
Glauben und Denken (G+D) und Werkbücher (W)
ABCteam-Jugendbücher (J)
ABCteam-Geschenkbände

ABCteam-Bücher erscheinen in folgenden Verlagen:

Aussaat Verlag Wuppertal / R. Brockhaus Verlag Wuppertal / Brunnen Verlag Gießen / Bundes Verlag Witten / Christliches Verlagshaus Stuttgart / Oncken Verlag Wuppertal / Schriftenmissions-Verlag Gladbeck

ABCteam-Bücher kann jede Buchhandlung besorgen.

2. Auflage 1981

Umschlaggestaltung: Franz Reins, Detmold
Gesamtherstellung: Druckhaus West GmbH, Stuttgart
ISBN 3-7675-3120-8

Montag

Sie hatten kurz vor Koblenz übernachtet, um nicht in den Stau der Autos zu geraten, die am Sonntagabend, vom Süden kommend, ins Ruhrgebiet zurückströmten.

Das Siebengebirge lag bald hinter ihnen, und obwohl die Gegend nicht mehr viel Reizvolles bot, schaute Damaris Monheimius – von ihrem Mann kurz Ris genannt – unentwegt zum Fenster hinaus und freute sich am wechselnden Bild der Landschaft.

Wie immer, wenn sie nach wochenlangem Aufenthalt in einer Nervenklinik nach Hause fuhr, empfand sie nachträglich noch einmal die bedrükkende Atmosphäre jener Häuser und das Eingesperrtsein, wurde sich aber mehr und mehr ihrer Freiheit bewußt.

Die Büsche am Wege waren maiengrün, und der Wald, durch den die Autobahn streckenweise führte, war durchweht vom ersten grünen Hauch. Das frische Grün der Felder in der weiten Ebene wogte bereits leicht im Wind. Die Wiesen waren gesprenkelt vom Gelb des Löwenzahns.

Da ein Dorf, hier eine Brücke, Kirchtürme, Fabrikschlote, ein stetig wechselndes Bild. Immer vertrauter wurden Ris Monheimius die Brücken, unter denen sie dahinfuhren, die Abzweigungen und Kreuzungen.

Sicher fuhr Ulrich, ihr Sohn, den Wagen.

„Gleich sind wir zu Hause", seufzte Ris Monheimius froh.

Eugen Monheimius nahm ihre Hand und wandte ihr das Gesicht zu. „Sag, Ris, wie bist du eigentlich auf die Idee gekommen, ausgerechnet einen Pastor zu uns einzuladen? Ich bin zwar gefeit gegen alles, was mit Kirche, Frommsein und dergleichen zusammenhängt. Trotzdem sehe ich nicht ein, oder gerade deswegen sehe ich nicht ein, warum ich tagelang die Gesellschaft eines Pastors ertragen soll."

„Es ergab sich von selbst, Schatz. Ich habe dir erzählt, wie sehr sich Schwester Ulrike, Pastor Körbers Tochter, um mich bemüht hat. Glaube mir, meine schnelle Genesung habe ich nicht zuletzt ihr zu verdanken. Du weißt am besten, wie viele Wochen ich in den vergangenen Jahren wiederholt in den verschiedenen Heilstätten bleiben mußte. Noch nie konnte ich schon nach sechs Wochen wieder nach Hause."

„Was hat das mit dem Pastor zu tun?"

„Schwester Ulrike sprach, ich weiß nicht mehr in welchem Zusammenhang, von ihrem Urlaub, den sie mit ihren Eltern in der Schweiz verbringen würde, sobald ihr Vater von einer Tagung in

Angermund zurückkäme. Ich sagte ihr, Angermund sei nur einen Katzensprung von uns entfernt, ob sie nicht Lust hätte, mit ihrem Vater die Tage bei uns zu verbringen. Ulrich könne den Pastor jeden Tag zu seiner Tagung fahren. Mir liegt so sehr daran, Schwester Ulrike bei uns zu haben, und so ist es zu der Einladung gekommen. Bist du mir böse?"

„Nein, Ris, du weißt, ich bin dir nie böse. Ich verstehe deine Vorliebe für diese Schwester nicht ganz und bin auch nicht davon überzeugt, daß du gerade ihr besonders viel verdankst. Ob dir nicht Ulrichs Nähe am meisten geholfen hat?"

„Ulrich habe ich in der Klinik nur selten gesehen. Er war ja nicht meinetwegen dort."

„Du irrst dich, Ris, er war nur deinetwegen dort. Er könnte längst eine eigene Praxis haben, aber er hat die letzten Jahre dazu genutzt, um auf psychiatrischem Gebiet Erfahrungen zu sammeln. Er möchte dir helfen können, wenn es not tut."

„Gewiß, aber Schwester Ulrike, meine ständige Pflegerin, hat mir am meisten geholfen. Ich möchte behaupten, mehr als die Ärzte und der berühmte Professor. Jaja, lache du nur! Ich kann es dir nicht erklären. Sie ist anders als alle Pflegerinnen, die mir je begegnet sind. Ich kann mich zwar über keine beklagen. In allen Kliniken bin ich sehr freundlich und aufmerksam betreut worden. Auch in den anderen Heilstätten taten die Schwestern ihr Bestes; und doch war es bei Schwester Ulrike etwas anderes."

„Eine Klage sollte auch nicht nötig sein bei dem Pflegesatz, den die privaten Anstalten berechnen. Was jedoch Schwester Ulrike angeht, so sehe ich nicht ein, welchen Wert es haben sollte, sie bei uns zu haben. Sie erinnert dich höchstens an die vergangenen Wochen, die du so schnell wie möglich vergessen sollst."

„Ich glaube, sie macht mir das Einleben zu Hause leichter."

„Na schön, wie lange wird die Schwester mit ihrem Vater bleiben?"

„Leider nur bis Samstag. Den Pastor erwarte ich schon heute. Ich wußte nicht, daß wir unterwegs übernachten und erst heute nach Hause kommen. Seine Tochter wird morgen eintreffen. Es tut mir leid, daß es dir so unangenehm ist. Aber als du mich gestern abholen kamst, war schon alles ausgemacht."

„Schon gut, Ris, die Tage werden zu überstehen sein, zumal der Pastor wahrscheinlich die meiste Zeit von seiner Tagung in Anspruch genommen sein wird."

Der Sohn lenkte den Wagen in den Zubringer ein.

Trotz der frühen Stunde war der Verkehr rege. Die Mutter tippte Ulrich auf die Schulter und sagte: „Fahr bitte langsam, der Verkehr macht mich ganz nervös."

„Keine Sorge, Mama!" erwiderte der Sohn am Steuer.

Die Fahrten mit seiner Mutter forderten von

ihm ein hohes Maß an Beherrschung und Geduld. Selbst auf freier Strecke wagte er nicht mehr als 100 km zu fahren, und das mit einem Wagen, aus dem man ohne Bedenken 200 Stundenkilometer herausholen konnte. Er war es gewöhnt, auf die Mutter Rücksicht zu nehmen.

Bald bog er in die stille Villenstraße ein und hielt vor einem luxuriösen Einfamilienhaus.

Ulrich öffnete der Mutter die Autotür und half ihr aus dem Wagen. Frau Wiesel, die treue Wirtschafterin, Wieselchen genannt, empfing die Herrin des Hauses mit großer Freude.

„Ich habe das Frühstück auf der Terrasse bereit", sagte sie. „Bei dem schönen Wetter ist es Ihnen gewiß angenehm."

„Sehr schön, Wieselchen. Ach, wie froh bin ich, wieder zu Hause zu sein! Wir machen uns nur ein wenig frisch. Sie können schon den Kaffee aufbrühen."

Eugen Monheimius folgte seiner Frau in den ersten Stock. Als sie mit ihm allein war, sagte Ris: „Ich wollte es vorhin im Beisein von Ulrich nicht erwähnen, was mich im Grunde dazu veranlaßt hat, Schwester Ulrike einzuladen. Ich finde, sie wäre die ideale Frau für ihn."

Monheimius sah zu, wie sie die Manschettenknöpfe in sein frisches Oberhemd nestelte und lächelte: „Das ist ja etwas ganz Neues, meine Frau als Ehestifterin. Ich wundere mich, Ris! Bisher warst du immer gegen Ulrichs Heiratspläne und -wünsche."

„Stimmt, aber die beiden anderen, die er heiraten wollte, waren auch keine Schwester Ulrike."

„Für einen Arzt ist es sicher nicht schlecht, eine Frau zu haben, die seine Interessen teilt. Das trifft in gleichem Maße kaum für einen anderen Beruf zu. Dennoch solltest du die Finger davon lassen. Hast du etwa schon mit der Schwester darüber gesprochen?"

„Nein, wo denkst du hin! Sie müssen einander erst einmal außerhalb der Klinik näherkommen."

„Hast du den Eindruck, sie interessieren sich füreinander?"

„Wenn sie dienstlich miteinander zu tun haben, können sie sich ihre persönlichen Neigungen nicht anmerken lassen, im Krankenzimmer schon gar nicht. Aber wenn sie hier ungezwungen zusammen sind, wird sich bald herausstellen, wie sie zueinander stehen."

„Warten wir ab, Ris. Jetzt wollen wir erst mal vernünftig frühstücken. Was wir heute früh vorgesetzt bekamen, war wirklich das Letzte."

Zwei Stunden später hielt vor der Villa Monheimius ein Taxi. Ulrich, der seinen Vater ins Büro gefahren hatte, war bereits wieder im Hause.

Pastor Körber, der aus dem Wagen stieg, blieb einen Augenblick vor dem niederen Gartentor stehen und sah dem davonfahrenden Wagen nach.

Die stille Straße des vornehmen Villenviertels wirkte wie eine Oase des Friedens. Jedes Haus war von einem gepflegten Garten umgeben. Die Eigentümer der Häuser wetteiferten augenscheinlich in der Ausgestaltung der Anlagen. Die teppichglatten Rasenflächen waren von Rabatten üppig blühender Frühlingsblumen umsäumt, und die kunstvoll geschmiedeten Eisengitter, mehr Zierde als Schutz, deuteten die Begrenzungen der einzelnen Besitzungen nur an. Alles wirkte friedlich und erweckte den Eindruck, als wäre jedes Haus gegen Leid und Tränen abgeschirmt. Dem war aber nicht so. Pastor Körber wußte das zumindest vom Haus Monheimius.

Einen Augenblick zögerte er noch, ehe er auf den Klingelknopf drückte, der neben dem niederen Gartentor wie eine Perle in eine kupferne Muschel über dem Namensschild „Monheimius" eingelassen war.

Der Name genügte. Wer in einem dieser Häuser wohnte, hatte es nicht nötig, „Generaldirektor" ans Türschild zu schreiben. Endlich drückte Pastor Körber auf den Klingelknopf und stieß beim Surren des Öffners das Törchen auf.

Noch ehe er die mit kunstvoller Schnitzerei gezierte Haustür erreicht hatte, öffnete ihm Wieselchen.

„Herr Pastor Körber?" fragte sie und fuhr auf seine Bestätigung hin fort: „Treten Sie bitte näher. Frau Monheimius erwartet Sie schon. Ich sage eben Bescheid."

Sein Blick streifte durch die Eingangshalle, aber es blieb ihm keine Zeit zu eingehender Betrachtung. Frau Monheimius kam ihm schon entgegen und streckte zur Begrüßung die Hand aus.

„Haben Sie ohne Schwierigkeiten zu uns hergefunden? Sie hätten vom Bahnhof aus anrufen sollen. Ulrich hätte Sie abgeholt."

Wieselchen stand bereit und führte den Gast zum ersten Stock in das Fremdenzimmer.

Oben angekommen, setzte Pastor Körber seinen Koffer ab und schloß hinter der Haushälterin die Tür.

Er sah sich im Zimmer um.

Vom Gartentor bis hier herauf in dieses Zimmer war alles ausgesucht vornehm und zeugte nicht nur vom guten Geschmack der Bewohner, sondern zugleich von ihren Besitzverhältnissen. Nach allem zu urteilen, war Herr Monheimius nicht nur wohlhabend, sondern ein reicher Mann.

Pastor Körber stellte sich seine bescheidene Wohnung vor: Die abgeschabten Sessel seines Studierzimmers, die alten Möbel der Wohnstube, die zugleich als Eßzimmer diente. In Gedanken verglich er den Teppichboden, in dem hier seine Schuhe versanken, mit dem Wollteppich, auf den Gustel, seine Frau, so stolz war, und die kostbare Wandbespannung dieses Gastzimmers mit der Rauhfasertapete seiner eigenen Wohnung; den eingebauten Wandschrank, der eine Längsseite dieses Raumes ausfüllte, mit dem alten, großen Schrank daheim in der Schlafstube, den seine Frau „das Wochenendhaus" nannte.

Er klinkte die Tür zum anliegenden Badezimmer auf. Bis zur Decke hinauf waren die Wände gekachelt. Blitzende Hähne für Wanne, Dusche und Waschbecken.

Ihm fiel die Andeutung ein, die Frau Monheimius gemacht hatte, als er sich vor ein paar Tagen in der Klinik von ihr verabschiedet hatte, und sie ihn einlud, während der Tagung in Angermund zusammen mit Ulrike ihr Gast zu sein. „Finden Sie nicht, daß Ihre Tochter und mein Sohn gut zueinander passen?"

Er hatte die Bemerkung übergehen können, weil der Chefarzt zur Abendvisite kam.

Jetzt erst fiel ihm die Bedeutung dieser Worte ein. Wie würde seine bescheidene Ulrike auf all diesen Luxus reagieren?

„Hier passen wir nicht hin", murmelte er vor sich her. Was dachte sich Frau Monheimius, wenn sie Ulrike und Ulrich in einem Atemzug nannte? Sie schien es gewöhnt zu sein, jeden Wunsch erfüllt zu bekommen. Mit Geld konnte man gewiß viel erreichen, aber nicht alles war käuflich, Ulrike jedenfalls nicht. In der privaten Heilstätte, wo sich die beiden kennengelernt hatten, war Dr. Ulrich Monheimius, der Sohn dieses Hauses, ebenso nur ein Angestellter gewesen wie es auch Ulrike war. Für ein Zusammenpassen, das Frau Monheimius erwähnt hatte, genügten aber nicht die gemeinsamen beruflichen Interessen, so wertvoll sie auch sein mochten. Standesunterschiede spielten heute keine Rolle mehr. Aber mußte eine Verbindung dieser beiden jungen Menschen nicht schon deshalb bedenklich sein, weil die Gefahr bestand, daß Frau Monheimius' Gemütserkrankung erblich sein konnte? Noch war es nicht so weit.

Pastor Körber kannte Ulrike zu genau, und er wußte, daß bei ihr außer der Sympathie für Ulrich Monheimius keine tiefere Neigung zu ihm bestand.

Hatte Ulrich seiner Mutter gegenüber den Wunsch geäußert, Ulrike heiraten zu wollen?

Pastor Körber konnte sich das nicht vorstellen. Nie hatte sich der junge Arzt Ulrike gegenüber anders als rein freundschaftlich benommen. Er war Menschenkenner genug, um das beurteilen zu können.

Wie war das am Anfang ihrer Bekanntschaft?

Ulrike hatte zu Hause von dem Arzt erzählt, der um seiner kranken Mutter willen in psychiatrischen Heilstätten arbeitete, sie hatte von den nächtlichen Gesprächen während des Bereitschaftsdienstes und von Ulrichs Unglauben gesprochen. Er selbst hatte mit dem jungen Arzt das entscheidende Gespräch geführt, das ihn zum Wagnis des Glaubens an Gott ermunterte.

Ulrich Monheimius hatte danach den Wunsch geäußert, getauft zu werden. Sie hatten eine kleine Familienfeier gehabt, und Gustel, seine Frau, hatte alles aufgeboten, um dem jungen Arzt das Gefühl der Zugehörigkeit zu geben. Er schien sich auch in der einfachen Wohnung des Pastors wohlgefühlt zu haben. Die beiden jungen Leute benahmen sich natürlich und ungezwungen. Von einer tieferen

Zuneigung war aber weder bei dem einen noch bei dem anderen etwas zu spüren gewesen. Sie sagten nicht einmal „Du" zueinander.

Mit solchen Gedanken beschäftigt, hatte Pastor Körber seine Habseligkeiten im Schrank verstaut. Nun besann er sich, daß er gewiß längst von der Hausfrau in den unteren Wohnräumen erwartet wurde. Er warf einen Blick in den Spiegel, um zu prüfen, ob der Scheitel und die Krawatte richtig saßen. Man legte in diesem Haus gewiß Wert auf solche Dinge. Dann ging er hinunter. Frau Monheimius führte ihn auf die Terrasse.

„Wir hätten Schwester Ulrike am liebsten gleich mitgebracht", sagte sie, „aber sie hatte gestern noch Dienst. Der Chef hatte sie gebeten, eine erkrankte Kollegin zu vertreten, die erst heute ihren Dienst wieder aufnimmt."

Ulrich fügte hinzu: „Es ist sehr vernünftig von ihr, einen Ruhetag einzuschalten. Am Sonntagnachmittag gleich nach dem Dienst mit uns zu fahren, war nicht ratsam. Wir erwarten sie morgen mittag. Der Zug von Frankfurt trifft gegen zwölf Uhr ein. Ich werde sie abholen."

„Leider geht uns ein Tag mit ihr verloren", sagte Frau Monheimius, „es sei denn, Sie könnten sich entschließen, bis Sonntag bei uns zu bleiben."

„Meine Frau erwartet uns am Samstag. Ich bin bereits seit Freitag unterwegs. Da ich einmal in die Gegend kam, habe ich die Gelegenheit benutzt, einen alten Kriegskameraden im Bergischen Land zu besuchen. Wir hatten ursprünglich vor, vier Wochen in der Schweiz zu bleiben, mußten aber wegen der Tagung die Reise verschieben. Ich danke Ihnen für Ihre freundliche Einladung, bitte jedoch um Ihr Verständnis."

Statt der Mutter antwortete Ulrich: „Wir wollen Ihre Urlaubspläne nicht durcheinanderbringen, zumal alles festgelegt ist, wie mir Schwester Ulrike erzählte. Sie hat eine gründliche Ausspannung dringend nötig."

„Ulrich hat recht. Wie dumm von mir, daran nicht zu denken, auch Ihre Frau einzuladen. Ich muß also mit den vier Tagen vorliebnehmen, die wir Ihre Ulrike hier haben dürfen. Aber nun bitte ich Sie, mich zu entschuldigen. Ich bin es von der Klinik her noch gewöhnt, um diese Zeit zu ruhen. Außerdem hat mich die Fahrt heute morgen angestrengt."

„Ja, Mama, ruhe dich aus, damit du frisch bist, wenn Papa nach Hause kommt."

„Du wirst unsern Gast unterhalten?"

„Machen Sie sich um mich keine Sorgen, Frau Monheimius", sagte der Pastor.

Die beiden Männer blieben auf der Terrasse zurück.

„Ich kann Ihnen gar nicht sagen, wie froh ich über Mamas Befinden bin", begann Ulrich das Gespräch.

„Das glaube ich Ihnen gern, obwohl ich nicht genauer über den Zustand Ihrer Frau Mutter unterrichtet bin. Ulrike steht ja ebenso unter der Schweigepflicht wie Sie, Herr Doktor. Der Aufenthalt eines Kranken in einer Nervenheilanstalt sagt einem jedoch schon genug. Ich darf aber wohl fragen, ob Frau Monheimius schon länger krank ist?"

„Seit fünfundzwanzig Jahren, Herr Pastor, seitdem meine kleine Schwester bei einem Bombenangriff ums Leben gekommen ist. Wir sprechen so gut wie nie darüber. Ich war damals zehn Jahre alt, die kleine Sabine zweieinhalb.

Meine Mutter ist nach wochenlanger, intensiver Behandlung bald in der einen, bald in der andern Heilanstalt, eine Zeitlang völlig normal. Mein Vater wendet sich an jede Kapazität, die ihm empfohlen wird, aber eine dauernde Heilung konnten meiner Mutter weder inländische noch ausländische Ärzte verschaffen. Ich bin im Laufe der Jahre dahintergekommen, was bei ihr die Anfälle tiefster Schwermut immer wieder auslöst. Bemerkungen über den Krieg in irgendeinem Land, schon die Erwähnung eines Autounfalles, bei dem ein Kind tödlich verletzt wurde, und ähnliche Gespräche können bei meiner Mutter ganz unvermutet einen Schreikrampf auslösen, der eine neue Krankheitsperiode einleitet. Bitte denken Sie daran.

Obwohl ich nicht weiß, warum wir in diesen Tagen von derartigen Ereignissen reden sollten, so kann doch einmal eine Bemerkung fallen, deren Folgen man nicht bedenkt. Das geht mir und meinem Vater so, die wir doch um Mutters Anfälligkeit wissen. Wievielmehr kann ein Außenstehender wie Sie, Herr Pastor, ein unbedachtes Wort sagen."

„Ich werde daran denken, lieber Doktor. Ulrike ist sicher im Bilde."

„Ja, sie weiß gut mit meiner Mutter umzugehen. Ich bin dankbar, daß sie ein paar Tage hier sein wird. Der Professor hielt es für bedenklich, meine Mutter schon zu entlassen. Ulrike wird ihr zu einem guten Einleben helfen, davon bin ich überzeugt. Noch nie hat meine Mutter die Krise so schnell überwunden wie diesmal, und sie ist ebenso wie ich der Meinung, daß Schwester Ulrike dazu viel beigetragen hat."

„Wir wollen Ulrikes Einfluß nicht überschätzen. Wir alle haben viel für Ihre Mutter gebetet. Ich bin kein Anhänger der Gesundbeterei. Aber wir dürfen Gott zutrauen, daß er auch in solchen Krankheitsfällen helfen kann, die aussichtslos scheinen."

„Früher sah ich das Leiden meiner Mutter nur als ein medizinisches Problem an. Jetzt versuche ich, Gott die Sache anheimzustellen. Man muß jedoch einen Kranken auch ärztlich behandeln, diese Überzeugung kann ich nicht aufgeben. Ich weiß nicht, ob das Gebet und der Glaube allein..."

Ulrich zuckte die Achseln und sah den Pastor fragend an.

„Manche ernste Christen zitieren in diesem Zusammenhang das Wort aus ersten Mose fünfzehn, in dem es heißt: ‚Ich bin der Herr, dein Arzt'. Dieses Wort ist in Verbindung mit den Plagen gesagt, die der Herr über Ägypten kommen ließ. Jesus aber sagt: ‚Die Gesunden bedürfen des Arztes nicht, sondern die Kranken'. Wenn Jesus vom Arzt spricht, so halte ich es nicht für angebracht, sich gegen ihn auf eine biblische Aussage zu berufen und auf ärztliche Hilfe zu verzichten. Lukas, der Schreiber des Lukasevangeliums und der Apostelgeschichte, war Arzt. Doch sollten wir uns nicht allein auf einen Arzt verlassen, sondern darum beten, daß dem Arzt Weisheit geschenkt werde und seine Behandlung uns dient."

„Sie haben recht. Wie oft habe ich an Krankenbetten gestanden und mußte meine Ohnmacht gegenüber der Krankheit erkennen.

Mir ist vieles im Glauben noch zu neu, ich muß noch viel lernen. Auch fehlt mir die Ergebenheit in Gottes Willen, die ich bei Ihrer Tochter beobachtet habe, und die mich zum Nachdenken und endlich zum Glauben gebracht hat.

Ob Sie sich überhaupt vorstellen können, wie grundlegend meine Einstellung zu Gott sich gewandelt hat? Diese Wandlung ist noch längst nicht abgeschlossen. Ich stelle fast täglich fest, wie sehr ich noch umlernen, umdenken muß, und das, obwohl ich eine völlige Umkehr erlebt habe und mir dessen ganz bewußt bin."

„In meiner Praxis als Pastor ist Ihre Bekehrung so ungefähr das Erstaunlichste, was ich erlebt habe. Da Sie bereit sind, zu hören und zu lernen, zweifle ich keinen Augenblick daran, daß Ihr junger Glaube erstarken und in allen Anfechtungen standhalten wird. Ich denke, wir haben in den nächsten Tagen Gelegenheit, über viele Ihrer Fragen zu sprechen. Jetzt möchte ich Sie bitten, mich zu entlassen. Ich muß mich noch ein wenig auf unsere Tagung vorbereiten und mit den Themen beschäftigen, die wir in den nächsten Tagen in Angermund besprechen wollen."

„Selbstverständlich! Tun Sie sich keinen Zwang an. Nur noch eins. Ich habe mit meinen Eltern noch nicht über meine neue Lebenserfahrung gesprochen und möchte es ihnen selbst sagen. Bitte, denken Sie daran."

Nachdem Herr Körber ins Haus gegangen war, ging Ulrich nachdenklich in den Garten. So bald wie möglich wollte er mit seinem Vater und mit der Mutter sprechen. Ihm fiel das kurze Gespräch ein, das er mit seinem Vater auf der Fahrt in dessen Büro geführt hatte. Nur einige Worte waren es gewesen. „Was sagst du zu Mamas Begeisterung für Schwester Ulrike?" hatte der Vater gefragt.

„Sie ist eine perfekte Pflegerin und hat Mama bestimmt viel geholfen."

„Perfekte Pflegerin, mehr nicht?"

„Nun ja, darüber hinaus ist sie ein feiner, charaktervoller und liebenswerter Mensch."

„Feuer gefangen?"

„Ich? Nein, Papa."

Das war alles gewesen. Jetzt, da Ulrich darüber nachdachte, fragte er sich, hatte ihm sein Vater auf den Zahn fühlen wollen? Zugleich prüfte er sich selbst, wie er zu Schwester Ulrike stand. Sie war ausgeglichen und wirklich liebenswert, aber was ihn mit ihr verband, war nichts anderes als das berufliche Interesse und das dankbare Gefühl, daß sie ihm Wegweiser zum Glauben geworden war – und dies weniger in Worten, als in ihrem ganzen Verhalten. Er hatte gespürt, daß ihr Tun nicht nur Pflichterfüllung war.

Nein, er hatte nicht, wie sein Vater es ausdrückte, Feuer gefangen.

Fünfzehn Uhr. Die große Standuhr in der Halle schlug dreimal. Pünktlich wie immer trat Eugen Monheimius ins Haus. Pünktlich wie immer stellte Wieselchen den Kaffee auf den Tisch.

„Haben Sie auf Ihrer Tagung erfolgreiche Gespräche geführt?" fragte Monheimius den Gast.

„Die Tagung beginnt erst morgen", erklärte der Pastor.

„Ich habe Herrn Pastor Körber schon für heute eingeladen, weil du immer sagst, es sei unangenehm, vom Bahnhof zu kommen oder aus dem Auto zu steigen und sofort in den Konferenzsaal zu müssen", sagte Frau Monheimius.

„Sehr aufmerksam und fürsorglich von dir, Ris. Hoffentlich hat unser Gast keine Langeweile gehabt."

„Durchaus nicht, Herr Monheimius. Ich kenne keine Langeweile. Außerdem hat mir Ihr Sohn Gesellschaft geleistet."

„Morgen werden wir also Ihre Tochter bei uns

haben. Bei meinen Besuchen in der Klinik konnte ich sie nur flüchtig kennenlernen, hörte aber von meiner Frau und von meinem Sohn, was für ein liebenswerter Mensch sie ist. Ich freue mich deshalb darauf, diesen Ausbund von Tugend näher kennenzulernen."

„Ausbund von Tugend, das höre ich nicht gern."

„Es ist nicht spöttisch gemeint, lieber Pastor Körber. Meine Frau und mein Sohn sind voll des Lobes über Schwester Ulrike. Beide behaupten, sie hätte den größten Anteil am Wohlbefinden meiner Frau."

„Schwester Ulrike ist ein Naturtalent in bezug auf Krankenpflege, das kann ich als Arzt bestätigen."

„Ich bin natürlich nicht ganz unvoreingenommen, wenn ich von Ulrike sage, sie ist ein lieber Mensch, allerdings kein Ausbund von Tugend. Sie ist ein Kind Gottes, wenn Ihnen das etwas sagt", fügte der Pastor hinzu.

Monheimius lachte.

„Verzeihen Sie, wenn ich lache. Gottes Kind – für mich existiert Gott nicht. Ihre Tochter soll sich bei uns erholen, soweit das in vier Tagen möglich ist. Ob sich ein Kind Gottes, wie Sie es nennen, in einem gottlosen Hause überhaupt erholen kann?"

„Gott – los – wenn Sie selber das sagen . . ."

Ulrich, dem das Gespräch unangenehm war, lenkte ab.

„Ich wünschte jedenfalls, eine so gute Krankenschwester wie Ulrike immer als Mitarbeiterin zu haben."

Er übersah seiner Mutter forschenden Blick.

„Von wem hat Ihre Tochter das Naturtalent, Herr Pastor, von Ihnen oder von Ihrer Frau?"

„Zunächst einmal darf ich Sie bitten, mich mit meinem Namen anzureden. Das ist mir lieber, auch bin ich es so gewöhnt. Was Ulrike betrifft – sie ist nicht unsere leibliche Tochter. Wir haben sie adoptiert. Kriegswaise. Sie ist mir buchstäblich aus den Trümmern eines zerstörten Hauses in die Arme gelaufen." Kaum hatte er es ausgesprochen, fiel ihm Ulrichs Mahnung ein. Er wagte nicht, Frau Monheimius anzusehen.

Ris stieg brennende Röte ins Gesicht. Ihr Blick bekam etwas Starres.

Ulrich, zutiefst erschrocken, schaltete sofort und sprach die Mutter an: „Du hast sie jedenfalls in dein Herz geschlossen, Mama, und du freust dich sehr, sie ein paar Tage hier zu haben."

Sie schaute den Sohn an. Er hielt ihren Blick mit seinen Augen fest.

Aufatmend beobachtete Monheimius, wie sich die Starre in ihren Augen löste. Doch schien sie noch nicht fähig zu sein, etwas zu sagen.

Monheimius, ebenso bestürzt und besorgt wie sein Sohn, ließ das Gespräch nicht abreißen.

„Es ist sehr wichtig und entscheidend für das ganze Leben, ob ein junger Mensch den Beruf findet, der ihm liegt und der ihm sozusagen angeboren ist. Ich zum Beispiel bin für die Verwaltung und Vermehrung des Geldes geboren. Wie ist das mit dir, Ulrich? Kannst du von dir behaupten, du seist ein Naturtalent in bezug auf die Medizin?"

„Das vermag ich nicht selber zu entscheiden, aber ich kann wohl sagen, ich liebe meinen Beruf."

„Wie dem auch sei", fuhr Monheimius fort, „ich erlebe es immer wieder bei jungen Leuten, die mir im Berufsleben begegnen: Es genügt nicht, einen Beruf zu lieben. Begabung und Eignung sind unerläßlich, wenn sich jemand im Beruf bewähren und darin vorwärtskommen will. Vielleicht gehört auch ein wenig Glück dazu."

Das Gespräch, auf ein allgemeines Thema geleitet, lenkte nun auch Ris von Pastor Körbers Bemerkung über seine Adoptivtochter ab.

Monheimius kam auf das Absinken der Arbeitsmoral und der Disziplinlosigkeit mancher Lehrlinge zu sprechen, über die seine Abteilungsleiter klagten.

Pastor Körber gab ihm recht. Er stieß jedoch auf Widerspruch, als er sagte: „Unsere Zeit und unsere Welt kranken am Mangel von Autorität. Ich meine damit nicht den Kadavergehorsam früherer Zeiten. Die Jugend hat keine Vorbilder mehr, keine wirklichen Vorbilder, nach denen sie sich freudig ausrichten kann. Die Generation – und das sind wir –, die den Heranwachsenden Vorbild sein sollte, weiß weithin nichts mehr von der Autorität Gottes, der höchsten und absoluten Autorität."

Monheimius schüttelte den Kopf.

„Mein lieber Herr Körber, für mich gibt es diese, wie Sie sagen, absolute Autorität nicht, für mich hat es sie nie gegeben. Und doch glaube ich ein anständiger Mensch zu sein und meinen Sohn zu einem anständigen Menschen erzogen zu haben. Das moralische Gesetz" – er schlug an seine Brust – „der Mensch ist im Grunde genommen gut. Er wird durch die Erziehung und durch seine Umwelt geprägt, zum Guten wie zum Bösen."

Jetzt schüttelte Pastor Körber den Kopf, aber ehe er etwas erwidern konnte, fuhr Monheimius fort: „Sie zweifeln daran? Ich weiß, selbst eine gute Erziehung kann einen Menschen nicht auf der Bahn festhalten, auf die er gelenkt worden ist. Vorbild, sagten Sie – Vorbild vermag viel, aber nicht alles. Nicht nur wir Eltern wirken auf unsere Kinder ein. Gerade die starken und selbstbewußten Naturen laufen Gefahr, auf die schiefe Bahn zu kommen, oft dadurch, daß sie sich Idealen verschreiben, die denen der Eltern entgegenlaufen. Wie oft liest man von Kindern aus guten Häusern, die zu Rebellen werden und vor kriminellen Handlungen nicht zurückschrecken, um ihre Ideale zu verwirklichen. Ob das an zu engherziger Erziehung liegt oder woran auch immer, mit Gott hat es meiner Meinung nach nicht das Geringste zu tun. Oft entwickeln sich Kinder des gleichen Elternhauses, die die gleiche Erziehung und gleiche Chancen gehabt haben, die im gleichen Milieu aufgewachsen sind, völlig gegenteilig. Ihre Anschauungen klaffen weit auseinander.

Mein Bruder, um ein Beispiel zu nennen – er ist leider gefallen – war Künstler, Musiker. Er hatte keine Beziehung zum Geld, er konnte damit einfach nicht umgehen. Das hat nichts mit Ihrem Gott zu tun. Das ist eine Frage der verschiedenartigen Verteilung der Chromosomen und deshalb reiner Zufall."

„Mögen Sie es Zufall nennen, Herr Monheimius. Mir ist das zu wenig. Ich sehe in jedem Menschen das Geschöpf Gottes und somit auch die Verteilung der Chromosomen als von Gott gewollt. Da aber der Mensch seit unendlichen Generationen mit dem Empfangenen nach eigenem Ermessen umgegangen ist, wurde das aus der Welt, was wir heute sehen."

„Es ist halt so, jeder hat seine bestimmten Vorstellungen vom Leben, und wenn er in ein bestimmtes Alter kommt, geht er seinen eigenen Weg. Den einen zieht es hierhin, den anderen dorthin."

„Ist das Ihre einzige Erklärung für alles, was geschieht und sich vor unseren Augen und mit uns selber abspielt?"

„Der Zufall spielt natürlich auch eine Rolle. Beispiel: Meine Frau und ich begegneten uns und liebten uns auf den ersten Blick. Das hat den weiteren Lebensweg von uns beiden bestimmt. So etwas geschieht rein zufällig. Was hast du dazu zu sagen, Ulrich?"

Der Sohn hielt die Gelegenheit nicht für günstig, gerade jetzt von der Wandlung seiner Einstellung zu diesen Fragen zu sprechen. Ausweichend sagte er: „Du kommst vom Hölzchen aufs Stöckchen, Papa, um zu beweisen, daß es Gott nicht gibt."

„Ist es nicht etwas billig, alles, was uns im Leben begegnet und widerfährt, Zufall zu nennen?" fragte der Pastor.

„Wollen Sie dafür einen Gott verantwortlich machen? Das nehme ich Ihnen ebensowenig ab."

„Mir käme das Leben ohne Gott sinnlos vor."

„Man muß seinem Leben einen Sinn geben."

„Und wer diesen Sinn nirgends findet?"

„Ich kann mir nicht helfen, lieber Herr Körber, ich glaube, die wenigsten Menschen machen sich Gedanken um den Sinn des Lebens. Die meisten leben so dahin und begnügen sich damit, wenn sie gut zu essen und ein einigermaßen befriedigendes Einkommen haben. Sie schlagen sich bestenfalls mit den kleinen Problemen ihres Daseins herum, beispielsweise: Wann habe ich das Geld zusammen für einen Wagen? Kann ich meiner Frau einen Pelzmantel kaufen, und so weiter und so weiter."

„Meinen Sie wirklich, Herr Monheimius, so einfach wäre das? Ich habe andere Erfahrungen gemacht. Da sind diejenigen, die weder mit dem Zufall zurechtkommen noch mit Gott; diejenigen, die etwas brauchen, woran sie sich halten können. Sie greifen zum Alkohol oder zum Rauschgift, gerade die jungen Menschen, weil sie nicht finden können, was sie suchen; weil sie die Leere spüren, schmerzhaft und quälend; weil sie die Nöte der Menschheit sehen und sich nicht nur mit den eigenen Nöten befassen."

„Mag sein, darüber habe ich, offen gestanden, noch nicht nachgedacht und halte das auch nicht für nötig. Ich fühle mich außer für meine Familie für niemand verantwortlich. Ich bemühe mich, anständig zu leben und aus meinem Leben das Beste zu machen. Es gibt Dinge, die man nicht ändern kann. Damit muß man sich abfinden."

„Sie machen es sich wirklich sehr einfach."

„Was wollen Sie, Herr Körber, Rauschgift und Alkohol, na ja, ich weiß aus Erfahrung, es gibt auch andere Betäubungsmittel, und die haben die Leute billiger. Da sind jene Unzufriedenen, die ihre Familie tyrannisieren oder im Beruf die Untergebenen. Soll ich mir darüber Gedanken machen?"

„Worin besteht denn für Sie der Sinn des Lebens?"

„Ganz einfach: Viel Geld zu verdienen, entsprechend zu leben und meiner Familie ein gesichertes Dasein zu bieten. Gott –? Ich bin zeitlebens ohne Gott ausgekommen."

„Wie ich schon sagte, ohne Gott hätte das Leben für mich keinen Sinn."

„Dafür sind Sie eben Pastor", sagte Monheimius mit gutmütigem Spott.

„Ich könnte Ihnen eine ganze Reihe von Persönlichkeiten aufzählen, für die das gleiche gilt, obwohl sie nicht Pastoren sind." Pastor Körber sah bei diesen Worten Ulrich an, der ihm leise zunickte.

Monheimius brach das Gespräch unmittelbar ab, erhob sich und sagte zu seiner Frau: „Wir wollten noch über den Brief und die Einladung deiner Freundin sprechen, Ris. Unsern Gast können wir wohl ein Weilchen Ulrich überlassen."

Ris, die weder einen Brief noch eine Einladung erhalten hatte, begriff sofort. Sie folgte ihrem Mann ins Haus.

Pastor Körber schaute nachdenklich vor sich hin.

„Ich begreife nicht", nahm er das Gespräch auf, „wie man so reden kann wie Ihr Vater, wenn man neben einer kranken Frau leben muß. Spürt er nicht, wie wenig er trotz seines Vermögens tun kann?"

Ulrich seufzte.

„Mir ist bisher nicht bewußt gewesen, wie radikal mein Vater Gott ablehnt. Merkwürdig, ehe ich Schwester Ulrike kennenlernte, habe ich genauso wie er nie über Gott nachgedacht."

„Ich möchte Sie etwas fragen, lieber Doktor, was allerdings mit unserem Gespräch in keinem Zusammenhang steht. Ris – wie heißt Ihre Mutter eigentlich?"

„Ris ist natürlich eine Abkürzung, wie Sie wohl schon vermutet haben. Meine Mutter heißt Damaris, aber ich wüßte nicht, daß Vater sie jemals so gerufen hätte."

„Vielleicht stört ihn, daß es ein biblischer Name ist?"

„Wie? Ein biblischer Name? Das wußte ich nicht. Meine Tante, Mutters Schwester, hat auch einen Namen aus der Bibel. Darauf stieß ich bei meiner täglichen Bibellese. Sie heißt Esther. Merkwürdig! Ob ihre Eltern ihren Töchtern bewußt solche Namen gewählt haben?"

„Das könnte man annehmen. Leben Ihre Großeltern noch?"

„Nein, sie sind schon lange tot. Ich habe sie gar nicht kennengelernt."

Ulrich hielt inne. Er überlegte schweigend und murmelte dann vor sich hin: „Merkwürdig, sehr merkwürdig! Ist da etwas –? Der Professor sagte, Mama hielte mit etwas zurück. Es müsse etwas in ihrem Leben geben . . ."

Ulrich sah den Pastor an.

„Ich weiß nicht, ob Ihnen bekannt ist, daß man im Rahmen der Psychotherapie versucht, den Patienten zu veranlassen, über alle seine Probleme zu sprechen oder sie aufzuschreiben, wenn er Hemmungen hat, zu reden. Mutter hat nie eine Zeile geschrieben. Worüber sie mit den Psychiatern gesprochen hat, wurde ohne ihr Wissen auf ein Tonband aufgenommen. Daher weiß ich, daß sie immer nur sehr lückenhaft berichtete. Über ihre Kindheit, Elternhaus, Jugendzeit, Schule und Studium sagte sie nur Positives aus." Ulrich hielt kopfschüttelnd inne.

„Wie ist denn Ihre Tante eingestellt?"

„Das ist es, was mir erst jetzt zu denken gibt. Sie ist zehn Jahre jünger als meine Mutter. Sie lebte mit ihren Eltern in Berlin und heiratete dort. Ich war zehn Jahre alt, als das Unglück mit meiner kleinen Schwester geschah und es zum Bruch zwischen den Schwestern, zwischen Mutter und Tante Esther kam."

Ulrich machte eine lange Pause und überlegte angestrengt, ehe er fortfuhr: „Tante Esther wohnt hier ganz in der Nähe. Ich bin immer nur dann mit ihr zusammengekommen, wenn ich gerade mal zu Hause und Mutter in irgendeiner Heilstätte war. Mutter erträgt die Gegenwart ihrer Schwester nicht. Das hängt mit dem Tod meiner Schwester zusammen. Lassen wir das, es ist ein Kapitel für sich. Ich frage mich nur, wieso mir nie aufgefallen ist, daß Tante Esther anders eingestellt ist als meine Eltern. Ich hielt es bis jetzt, da wir davon sprechen, für bedeutungslos. Sie geht zur Kirche, und manchmal sagte sie zu mir beim Abschied: ‚Behüt' dich Gott, ich bete für euch alle!' Biblische Namen! Wie kamen meine Großeltern dazu? Warum habe ich sie nie kennengelernt? Lag das nur daran, daß sie weit weg wohnten? Mein Vater sagte das immer, wenn ich nach der anderen Oma, dem anderen Opa fragte. Merkwürdig das alles. Der Sache muß ich nachgehen."

„Was versprechen Sie sich davon?"

„Vielleicht ist hier die Lösung des Problems, warum Mutter immer wieder Rückfälle erlebt. Ich muß darüber unbedingt mit Tante Esther sprechen. Das muß ohne das Wissen meiner Mutter geschehen. Ich werde mich heimlich mit meiner

Tante treffen müssen. Mit Mutter muß man sehr behutsam umgehen. Wenn ein solcher Patient merkt, daß man Dingen nachspürt, über die er nicht sprechen will ..." Ulrich sprang auf.

„Es ist gefährlich, Herr Körber, den Teufel mit Beelzebub austreiben zu wollen."

„Das ist ein Bibelwort. Wissen Sie das?"

„Nein, ach nein! O was ich alles nicht weiß. Ich komme mir vor wie ein Schüler, der gleich ins Gymnasium gesteckt wird, ehe er überhaupt erst lesen und schreiben gelernt hat."

Pastor Körber zog das Neue Testament aus der Tasche.

„Wir hätten jetzt Zeit für eine Nachhilfestunde, lieber Doktor." Ulrich war damit einverstanden.

Eugen Monheimius ging mit seiner Frau in sein Arbeitszimmer. „Du hast zum Glück gleich begriffen, daß der Brief nur ein Vorwand war, um von dem Pastor loszukommen. Ich bin noch nicht fertig mit ihm, werde ihm noch sehr auf den Zahn fühlen."

Er nahm das Gesicht seiner Frau in beide Hände, eine Gebärde der Zärtlichkeit, die sie immer wieder beglückte.

„Ich bin so froh, dich wieder bei mir zu haben, Ris, und daß du sogar Pläne machst."

„Pläne? Wieso, Schatz?"

„Ist das kein Plan, wenn du Ulrich mit dieser Krankenschwester verkuppeln willst?"

„Bitte, sag so etwas nicht. Zweimal habe ich Ulrich daran gehindert, zu heiraten. Die Frauen, die er sich ausgesucht hatte, paßten einfach nicht zu ihm."

Monheimius unterdrückte die Bemerkung: ‚Sie paßten dir nicht.'

Ris fuhr fort: „Ulrich mag Schwester Ulrike. Er sagte selbst, eine solche Mitarbeiterin möchte er immer haben. Vielleicht entschließt er sich, hier eine eigene Praxis aufzumachen. Schwester Ulrike dazu als seine Frau –. Soviel steht fest, sie passen zueinander."

„Überlege einmal, in welchem Fahrwasser diese Schwester segelt. Gottes Kind – haha –. Wird der Pastor seine Tochter einem Mann aus unserm Milieu zur Frau geben?"

„Ulrike ist alt genug, um selber zu entscheiden."

„Nach dem, was ich von ihr höre, scheint sie nicht so geartet zu sein wie du, die damals alle Brücken hinter sich abbrach, um den Mann zu heiraten, den sie liebte, wobei die Frage offen bleibt, ob die beiden sich gegenseitig so lieben, wie wir uns zueinander getrieben fühlten. Mach' dir keine falschen Hoffnungen, Ris! Du könntest enttäuscht werden."

Er legte die Hände auf ihre Schultern.

„Ich bitte dich, Ris, versuche nicht, irgendwelchen Druck auszuüben, weder auf Ulrich noch auf das Mädchen. Hast du irgend etwas bemerkt, das auf eine tiefere, gegenseitige Neigung schließen läßt? Ich habe bei Ulrich vorsichtig angetippt und glaube, er denkt überhaupt nicht daran, Ulrike zu heiraten."

„Hast du angedeutet, daß es mein Wunsch ist?"

„Nein, nicht im geringsten. Das käme mir bereits wie eine indirekte Beeinflussung vor. Davor werde ich mich hüten."

„Siehst du die Verbindung der beiden nicht gern?"

„Ich werde meinem Sohn bei der Wahl seiner Partnerin niemals im Wege stehen, bin aber grundsätzlich dagegen, in irgendeiner Weise nachzuhelfen. Von meiner Seite aus gäbe es keine Schwierigkeiten, dann schon eher von seiten des Pastors."

„Ich gebe den beiden nur Gelegenheit, sich ein paar Tage ganz privat zu begegnen. Nennst du das auch schon nachhelfen?"

„Gewiß nicht, wenn du es dabei bewenden läßt."

„Gut, das will ich dir versprechen."

Nach dem Abendessen schlug Monheimius einen Spaziergang vor. Man ging die stille Villenstraße hinunter, die in den Nordpark mündete, Monheimius mit dem Pastor voraus, Ulrich folgte mit seiner Mutter. Im geringen Abstand gingen sie die Rheinpromenade entlang. Ulrich bemühte sich, den Abstand zu vergrößern. Er sah die Gelegenheit gekommen, mit der Mutter über seine innere Wandlung zu sprechen.

Eugen Monheimius und Herr Körber überholten einen jener Wagen, in dem sich Gehbehinderte selbst fahren können oder auch gefahren werden. Im Vorbeigehen sahen sie darin einen jungen Menschen sitzen. Eine Frau mittleren Alters schob den Wagen vor sich her.

Nachdem sie einen gewissen Abstand gewonnen hatten, sagte Monheimius: „Angesichts des Elends, das wir soeben gesehen haben, möchte ich Sie fragen: Wo ist Gott? Ein, nein zwei sinnlose Menschenleben. Einmal der junge, wahrscheinlich gelähmte Mensch, zum andern die Frau, die den Jungen fährt, wahrscheinlich seine Mutter. Sie verbringt ihre Zeit mit der völlig nutzlosen Pflege dieses Menschen, der ebenso nutzlos dahinvegetiert, statt etwas Positives zu leisten – die Mutter, meine ich – und sich nebenher ihres Lebens zu freuen."

„Ich möchte Sie nicht verletzen, wenn ich frage: Denken Sie nicht an Ihre Frau?"

„Ich weiß, lieber Herr Körber, wenn Ris auch nicht an einen Rollstuhl gebunden ist, so kann man sie doch nur bedingt gesund nennen. Eben das ist es, was mich an Gott zweifeln läßt, oder besser, was meine Zweifel verstärkt. Ich kann angesichts alles Elends dieser Welt nicht an einen liebenden Gott glauben. Alles Geschehen, das uns unverständlich ist, vermag ich nur dem Zufall zuzuschreiben, gegen den man sich nicht wehren kann, es sei denn in gewissem Grade durch wohlüberlegtes Handeln."

„Wollen Sie die Krankheit Ihrer Frau auch unter den Begriff Zufall einordnen?" fragte Herr Körber vorsichtig.

„Mehr oder weniger ja, zumindest die Umstände, die dazu führten. Ich kenne die Ursache ihrer Krankheit nur zu gut und versuche, meiner Frau nach bestem Vermögen zu helfen, nicht nur durch erstklassige Ärzte und teure Sanatorien, sondern auch durch Liebe und Verständnis.

Sehen Sie, Ris war auf dem Wege, ihrer Schwester in einer schwierigen Situation beizustehen. Wenn es einen Gott gäbe, der müßte sie logischerweise dafür belohnen. Aber nein, ein tragischer Zufall stürzte sie ins Unglück und in der Folge in Zeiten der Schwermut und Umnachtung. Eine wenig erbauliche Geschichte."

„Darf ich sie hören?"

Pastor Körber dachte bei dieser Frage an das Gespräch, das er am Nachmittag mit Ulrich geführt hatte.

„Warum nicht", sagte Monheimius, „wenn Sie mir danach die Frage gestatten, wo Sie in den Ereignissen Ihren Gott entdecken können." Monheimius schaute sich um. Ris und Ulrich waren weit zurückgeblieben, und so begann er zu erzählen.

„Meine Frau hat eine Schwester. Die beiden hingen sehr aneinander. Esther, so heißt ihre Schwester, lebte 1943 in Leipzig. Ihr Mann war dort in einem kriegswichtigen Betrieb in leitender Stellung. Aufgrund seiner sturen Frömmigkeit hatte er eine parteifeindliche Bemerkung gemacht, so daß er trotz seiner beruflichen Unabkömmlichkeit eingezogen wurde. Esther erwartete zu dieser Zeit ihr erstes Kind. Kurz ehe es geboren wurde, fiel ihr Mann. Meine Frau war tief erschüttert und schlug ihrer Schwester vor, zu uns zu kommen. Diese aber scheute so kurz vor der Geburt des Kindes die weite Reise in überfüllten Zügen, wahrscheinlich auch unsere besonders bombengefährdete Gegend. Wir hatten täglich Alarm und häufig schwere Luftangriffe. Sie teilte Ris den ungefähren Termin der Geburt mit, und Ris beschloß, nach Leipzig zu fahren."

„Leipzig?" fragte der Pastor, aber Monheimius ging nicht darauf ein.

„Ich hatte natürlich Bedenken, meine Frau quer durch Deutschland fahren zu lassen, gab aber nach, weil ihr so viel daran lag, ihrer Schwester beizustehen. Ich habe Ris nie etwas abschlagen können. Was aber das Schlimmste war, sie wollte unsere zweieinhalbjährige Sabine mitnehmen.

Einen Tag und eine schlaflose Nacht hindurch versuchte ich, meiner Frau dieses Vorhaben auszureden. Vergeblich!

Ihr stärkstes Argument war, das Kind sei durch nichts und niemand zu beruhigen, wenn die Sirenen aufheulten, als allein durch sie. Das stimmte. Sabine begann bitterlich zu weinen, wenn Alarm kam. Sie zitterte am ganzen Leibe, klammerte sich an ihre Mama und wurde nur in ihren Armen ruhig.

Ris meinte, in Mitteldeutschland hätte man

keine Angriffe, dort sei sie mit dem Kind am sichersten.

Was die Sicherheit betraf, hatte ich in unserm Hause das Möglichste getan. Unsern Klubraum im Keller hatte ich zu einem Schutzraum mit allen Raffinessen umwandeln lassen: Telefon, Radio, Notbeleuchtung, Lüftungsanlage. Wasser- und Lebensmittelvorräte wurden regelmäßig erneuert. Bequeme Sitzgelegenheiten waren da – kurz, es war bestens vorgesorgt.

Alles das hielt ich meiner Frau vor Augen. Doch sie war unbelehrbar. Sehen Sie, Herr Körber, nun leidet Ris unter dem Komplex, sie sei schuldig am Tode unseres Kindes. Im Grunde genommen müßte ich mich ebenso schuldig fühlen, weil ich nachgegeben habe und Ris mit dem Kind trotz besserer Einsicht reisen ließ.

Vor ihrer Abreise am 3. Dezember 1943 rief sie ihre Schwester an und teilte ihr mit, daß sie am Abend in Leipzig eintreffen würde. Nachdem sie den Hörer aufgelegt hatte, blieb sie einen Augenblick am Telefon stehen, überlegte und sagte dann, ihre Schwester habe bereits Wehen und müsse in die Klinik. Noch einmal beschwor ich Ris, unter diesen Umständen nicht zu reisen oder zumindest das Kind zu Hause zu lassen. Nein, so sagte sie, jetzt brauche Esther sie noch dringender. Sie rechne mit ihrem Kommen. Ihre Flurnachbarin hätte die Wohnungsschlüssel und sich bereit erklärt, für Ris und das Kind zu sorgen.

Was ich in den folgenden Tagen durchmachte…"

Monheimius schwieg.

Pastor Körber wagte keine Frage.

„Ich will es Ihnen erzählen. Von diesen Tagen ist jede Stunde unvergeßlich in meinem Gedächtnis eingegraben. Da ich einmal angefangen habe, davon zu sprechen, ist es, als hätte ich eine Schublade aufgezogen, und der Inhalt läge offen vor mir.

Ich hatte Ris gebeten, mich bei ihrer Ankunft in Leipzig sofort anzurufen. Das Gespräch kam um Mitternacht. Der Zug hatte drei Stunden Verspätung. Ich hörte Sabine weinen, das Letzte, was ich von dem Kind gehört habe.

Am nächsten Morgen erfuhr ich aus dem Radio von dem Großangriff auf Leipzig. Ich setzte mich in den Wagen und raste ostwärts. Sie erinnern sich vielleicht noch, wie schwierig es damals war, Benzin zu bekommen, und mit welchen Umständen das Autofahren verbunden war. Niemals als in jenen Tagen habe ich deutlicher gespürt, was Geld vermag. Ich war nicht in der Partei, hatte jedoch einen Dauerausweis und bekam jederzeit soviel Benzin, wie ich brauchte. Auch wurde ich unterwegs nie aufgehalten, wenn ich meine Papiere vorzeigte.

Vier Tage suchte ich in Leipzig meine Frau. Dabei fand ich meine Schwägerin in der Frauenklinik. Sie wußte nicht, daß das Haus, in dem sie gewohnt hatte, nur noch ein Trümmerhaufen war, und ich wagte es ihr auch nicht zu sagen. Am Abend des vierten Tages fand ich meine Frau im

Tanzsaal eines abgelegenen Gasthofes am Rande der Stadt. Sie lag Seite an Seite mit Verletzten auf einem primitiven Strohlager. Wie ich von einer Hilfsschwester des Roten Kreuzes erfuhr, gehörte sie zu den Leichtverletzten, um die sich noch kein Arzt hatte kümmern können. Ris hatte das Bein gebrochen. Die Verletzten wurden notdürftig mit trockenem Brot und dünnem Kaffee-Ersatz verpflegt. Ich wollte Ris sofort mit nach Hause nehmen, aber sie wollte erst wissen, wo Sabine geblieben war. Ich brachte Ris in ein Krankenhaus, wo mir ein Chirurg, ein alter Herr mit schneeweißem Haar, versprach, sich um sie zu kümmern.

Dann ging ich auf die Suche nach Sabine. Ris hatte mir erzählt, sie habe noch gar nicht geschlafen, als in der Nacht nach ihrer Ankunft die Sirenen aufheulten. Niemand in Esthers Haus hätte die Warnung ernst genommen. Sie sei als einzige auf dem Weg in den Keller gewesen, Sabine auf dem Arm. Zu ihrem Entsetzen sei die Kellertür verschlossen gewesen, und da sei es auch schon passiert. Sie fühlte sich herumgewirbelt, und von diesem Augenblick an wußte sie nichts mehr, bis sie vom Rütteln eines Lastwagens erwachte und die Schmerzen im Bein fühlte. Sie war mit stöhnenden Kindern und Frauen hier heraus in die primitive Unterkunft gefahren worden. Niemand konnte ihr sagen, wo das Kind geblieben sei.

Wenn ich damals an einen Gott geglaubt hätte, in den Tagen hätte ich ihn verflucht. Gehen Sie einmal tagelang von einer notdürftig als Lazarett eingerichteten Unterkunft zur andern, von Leichenhalle zu Leichenhalle, sehen Sie einmal nichts als verstümmelte Leichen von Frauen, Männern und Kindern. Außerdem habe ich's mir ein kleines Vermögen kosten lassen, um zu diesen Orten des Grauens und Entsetzens Zutritt zu bekommen."

Monheimius stöhnte, fuhr aber ohne Pause fort: „Ich fand unsere Sabine gerade noch vor der Beerdigung im Arm einer gräßlich zugerichteten Frau. Ein Lappen war über den Kopf des Kindes gedeckt, darunter das blutverkrustete Gesichtchen, die Schädeldecke abgerissen ..."

Monheimius verstummte.

Pastor Körber, tief erschüttert, wagte erst nach langem Schweigen die Frage: „Haben Sie trotzdem Ihr kleines Mädchen erkannt?"

Monheimius antwortete: „Ich erkannte es an dem Mäntelchen, in das der kleine Körper gehüllt war. Ich war dabei, als meine Frau diesen Mantel kaufte, ehe sie mit dem Kind abreiste. Bei aller Phantasie war es unmöglich anzunehmen, daß das gleiche Mäntelchen ausgerechnet dort gefunden worden wäre und ein anderes Kind es getragen hätte, wo Ris sich mit Sabine während des Angriffs aufgehalten hat, fünfhundert Kilometer von ihrem Zuhause entfernt."

Wieder ein langes Schweigen.

„Und dann ..."

„Dann, Herr Körber – ich habe für das Kind einen eigenen Sarg besorgt und es in einem eigenen Grab bestatten lassen. Ich konnte Ris nun sagen: ‚Ich habe Sabine gefunden – tot!' Wie ich sie gefunden hatte, verschwieg ich ihr.

Nachdem ihr Bein in Gips gelegt und sie transportfähig war, gab es für mich nur die eine Sorge, Ris so schnell wie möglich nach Hause zu bringen. Sie wollte natürlich vorher zum Grab des Kindes. Ich vertröstete sie und versprach ihr, den Sarg überführen zu lassen. Dazu ist es nicht gekommen. Im Krieg war es nicht möglich. Nach Ris' Gesundung besuchten wir das Grab. Es war furchtbar! Ris geriet außer sich, klagte sich an, den Tod des Kindes verschuldet zu haben ... es war der Anfang ihrer Krankheit.

Ris wanderte im Laufe der Jahre von einer Heilanstalt in die andere, von einer medizinischen Kapazität zur andern. Dazwischen war sie wochen- und monatelang normal.

Gott? Was für ein Gott! So ein kleines, entzückendes Geschöpf, hingeschleudert in die Trümmer der Häuser! Wo war Gott, als die Bombe fiel, die das Leben unsrer kleinen Sabine auslöschte?

Geben Sie mir Antwort, Herr Pastor Körber!"

„Darauf kann Ihnen niemand eine Antwort geben, Herr Monheimius. Und doch vertraut der Glaubende, auch wenn er nicht versteht. Für mich ist das Furchtbarste an der Sache, daß Sie das alles ohne Gott haben durchstehen müssen."

„O ja, ich habe es ohne Gott durchgestanden, habe auch die Jahre danach durchgestanden mit den sich wiederholenden Anfällen meiner Frau. Glauben? Vertrauen? Angesichts all der schrecklichen Dinge, die in der Welt geschehen? Kinder werden geboren, um zu verhungern; Menschen quälen und peinigen einander bis zum Tode. Krieg, Hunger, Terror überall in der Welt. Sind Sie blind, oder wollen Sie nicht sehen, wie sinnlos all das Geschehen ist?"

„Wollen Sie mit dem Begriff ‚Zufall' Sinn hineinbringen?"

„Jedenfalls nicht mit Gott."

„Alles Leid, das die Menschen einander antun, alles Unglück, Krieg, Hunger und Elend sind die Folgen menschlicher Entscheidungen. Gott hat den Menschen zur Freude erschaffen. Gott wollte eine vollkommene Welt und keine Marionetten. Darum gab er ihm einen freien Willen. Ich nehme an, Sie kennen die Geschichte vom Sündenfall des Menschen?"

„Keine Ahnung, was Sie meinen."

„Wenn Sie nie davon in der Bibel gelesen haben, dann bestimmt verzerrt in den Witzspalten einer Illustrierten, die Geschichte von Adam und Eva und der verbotenen Frucht."

„Das meinen Sie! Ich finde da keinen Zusammenhang."

„Diese Geschichte steht auf der zweiten Seite der Bibel. Nirgends finden Sie treffender gesagt, wie sich der Mensch Gott gegenüber verhalten hat und bis heute verhält. Es heißt da, Gott gab dem Menschen eine vollkommene Schöpfung zur Verwaltung. Nur ein Vorbehalt war da, an dem sich zeigen sollte, wofür sich der Mensch entscheiden würde, für Gott oder seinen Gegenspieler, den Satan. Bitte unterbrechen Sie mich nicht. Der Mensch begnügte sich nicht mit dem, was Gott ihm schenkte. Er wollte mehr, er wollte alles, er wollte sein wie Gott selber, und als Satan ihm dies anbot, entschied sich der Mensch für dieses Angebot und damit gegen Gott. Die Folgen davon sehen wir jeden Tag: Krieg, Hunger, Folterungen, Bosheit, Haß, Eifersucht, Gotteslästerung ..."

„Hören Sie auf, Pastor! Das alles trifft für einen anständigen Menschen nicht zu. Sie dürfen nicht verallgemeinern."

„Für Sie, Herr Monheimius, trifft Gotteslästerung jedenfalls zu. Oder wie soll ich Ihre Einstellung Gott gegenüber nennen?"

„Was hat das mit dem Tod meiner kleinen Tochter zu tun?"

„Sie wollen Gott nicht wahrhaben, Herr Monheimius, machen ihn aber indirekt für den Tod Ihres Kindes verantwortlich und für alles Böse in der Welt. Sie sagen Zufall und meinen doch irgendeine unkontrollierte Macht, die außerhalb unseres Einflußbereiches existiert. Das geht allen so, die da sagen, wenn es einen Gott gäbe, könnte er das Böse in der Welt nicht zulassen. Dabei vergessen Sie, woher das Böse kommt. Es kommt von d e m Bösen, der sich im Herzen der Menschen eingenistet hat, des Menschen, der sich mit seinem freien Willen gegen Gott entschied. Das geht eindeutig und in aller Kürze aus der Geschichte von Adam und Eva, von der Schlange und der verbotenen Frucht hervor. Unter den Folgen jener Fehlentscheidung leidet die Menschheit im allgemeinen und der einzelne Mensch im besonderen bis zum heutigen Tage – und die Folgen werden immer schlimmer. Das erleben wir doch täglich. Es gibt nur einen Ausweg, Jesus Christus."

„Ach, Jesus Christus, dieser heilige Weltverbesserer, eine umstrittene Gestalt, hingerichtet, gekreuzigt, wie es damals üblich war. Das alles weiß ich auch! Ihm ist es ergangen wie allen Weltverbesserern, wie zum Beispiel diesem farbigen Apostel drüben in Amerika – Luther King hieß er wohl. So etwas erfährt man aus der Zeitung. Auch so ein Fall, der mich an Gott zweifeln läßt. Hätte Gott diesen Mann, der so human war und nur Gutes gewollt hat, hätte Gott den nicht unterstützen und am Leben erhalten müssen, damit er sein Werk zu Ende führen konnte? Nein, Sie bekehren mich nicht, mein lieber Pastor Körber."

„Als ob ich jemand bekehren könnte!"

„Warum sind Sie dann überhaupt Pastor geworden?"

„Um zu verkündigen, daß Jesus die Menschheit erlöst hat von der Gottferne, daß er jeden erlöst, der an ihn glaubt."

Ohne auf die Worte seines Gastes einzugehen, sagte Monheimius: „Wo sind die beiden andern geblieben? Wir wollen auf sie warten. Mutter und Sohn haben hoffentlich erfreulichere Gespräche geführt."

Ris Monheimius hatte ihres Sohnes Absicht nicht durchschaut, als er es darauf anlegte, durch seine zögernden Schritte einen größeren Zwischenraum zwischen den beiden vorangehenden Männern herbeizuführen.

Sie begann von der Reise zu sprechen, die geplant war. „Papa wird sich so bald wie möglich für drei Wochen freimachen", sagte sie, „er hat mir bereits eine Menge Prospekte besorgt, damit ich mir ein Ziel aussuchen kann. Wir fahren natürlich nicht mit einer Reisegesellschaft, aber aus den Prospekten kann man sehen, wohin zu fahren sich besonders lohnt."

Ulrich ließ die Mutter erzählen. Lange genug hatte sie sich in das krankhafte Schweigen ihres Zustandes gehüllt. Jetzt redete sie ohne Hemmungen und gab ihren Gedanken offen Raum. Ulrich empfand es wohltuend und wie eine Befreiung von langem Druck. Mit einer Frage oder einer Zustimmung regte er die Mutter zu weiteren Erörterungen an. Dabei wartete er auf eine günstige Gelegenheit, ihr von sich selbst zu erzählen. Erst, als die Mutter danach fragte, welche Pläne er für die Zukunft hätte, war ihm für die Mitteilung, die ihm auf der Zunge brannte, das Stichwort gegeben.

„Ich bin mir darüber noch nicht im klaren, was ich tun werde. Ich bin bald zweiunddreißig Jahre und finde, es wird Zeit, sich für eine Lebensaufgabe zu entschließen.

Zunächst möchte ich dir sagen, was einen großen, ja, entscheidenden Einfluß auf meine Zukunftspläne hat. Ehe ich darüber mit Papa spreche, will ich es dir anvertrauen."

Ris Monheimius' Herz tat einen kleinen Freudensprung. Ging es um Ulrike? Wollte Ulrich ihr seine Liebe zu der Schwester gestehen und um ihr Einverständnis zur Heirat bitten? Was sonst konnte seine Zukunftspläne so entscheidend beeinflussen?

„Du machst mich neugierig, mein Sohn."

„Ich habe mich taufen lassen, Mama."

Beinahe erschrocken blieb die Mutter einen Augenblick stehen. „Was sagst du da? Taufen? Wieso? Ist es wegen Schwester Ulrike?"

„Wie kommst du auf Schwester Ulrike? Ich habe mich Gott zugewendet, oder vielmehr, Gott hat sich mir zugewendet. Damit ändert sich mein Leben vollkommen."

Ris Monheimius stockte der Atem. Ein Bild stand plötzlich vor ihr. Der Vater, über die Bibel gebeugt, die Mutter mit gefalteten Händen ... sie sah sich selber, störrisch, verbittert vom Stuhl aufspringend: „Laßt mich mit eurem Gott in Ruhe!"

„Hast du nichts dazu zu sagen, Mama?"

Ris kehrte zur Gegenwart zurück.

„Sonderbar, wie kommst du dazu, von Gottes Zuwendung zu sprechen? Das begreife ich nicht."

„Schwester Ulrike gab mir eines Tages, nachdem wir über Gott und Glaubensfragen gesprochen hatten, eine kleine Schrift. Da schrieb ein

Professor Rohrbach von einer anderen Wirklichkeit, die über unsere sichtbare Welt hinausragt. In mir schlug eine Glocke an. Mir leuchtete ein, was dieser Professor schrieb. Spüren die Psychologen nicht auch einer nicht faßbaren Wirklichkeit nach? Bemüht sich die Psychoanalyse nicht ganz gezielt um das Erforschen unbekannter Gebiete im Wesen des Menschen? Ich fragte mich, wo beginnen die unbekannten Gebiete, jene andere Wirklichkeit, wo hört sie auf? Ich sprach mit Schwester Ulrike darüber und sagte, es müsse sich lohnen und könnte sich in meinem Beruf nur günstig auswirken, dieser anderen Wirklichkeit nachzugehen. Sie gab mir eine Bibel und sagte, um etwas über die andere Wirklichkeit zu erfahren, brauche ich nur darin zu lesen. Sie lud mich ein, ihren Vater zu besuchen, und Pastor Körber hat mir dann an Hand der Bibel den Weg gewiesen. Ich war erstaunt, fast möchte ich sagen: erschüttert, was mir die Bibel offenbarte."

Ulrich dachte an seine Tante Esther, an die biblischen Namen, unterdrückte jedoch die Frage danach.

„Bibel – Gott – das ist unglaublich –", stammelte Ris Monheimius.

„Pastor Körber wies mich auf Bibelstellen hin", fuhr Ulrich fort, „mit so treffenden Aussagen über den Menschen, seine Motive, seine Handlungen, seine Probleme, wie kein Psychologe es treffender zu formulieren vermag. In zwei, drei Versen sagt die Bibel mehr darüber als seitenlange, wissenschaftliche Abhandlungen. Je ernsthafter ich die Bibel las, desto weniger schwer wurde es mir, jene andere Wirklichkeit zu akzeptieren. Es war mehr als ein Erkennen, es war wie eine Offenbarung. Begriffe wie Gott, Jesus, Heiliger Geist, Satan, Sünde und Gnade, die mir ganz neu waren, die ich weder im medizinischen Bereich noch in der Psychiatrie kennengelernt hatte, waren mir mit einem Male eine Realität. Bei aller vermeintlichen Anständigkeit, deren ich mich rühmen zu dürfen glaubte, erkannte ich, daß ich ein Sünder bin, ein von Gott Abgesonderter, einer, der einen Erlöser braucht, um aus der Gottferne herauszukommen. Und ich erkannte: dieser Erlöser ist allein Jesus Christus – und damit war es geschehen, ich kapitulierte und wurde froh! Und dann wollte ich auch getauft werden auf den Namen –"

Ulrich spürte das Zittern, das seine Mutter überfiel. Erschrocken rief er aus: „Mama, regt dich das so auf? Verzeih!"

„Jesus – Sünder – nein, Ulrich, das ist nicht möglich!"

„Beruhige dich bitte, Mama, ich selber hätte es früher auch nicht für möglich gehalten, aber nun habe ich es persönlich erlebt."

„Genug – hör auf – wo ist Papa geblieben? Ich möchte zu ihm."

„Er geht da vorn mit Herrn Körber. Bitte, überlaß es mir, mit ihm über diese Dinge zu sprechen. Ich will, ich muß es ihm selber sagen."

„Vielleicht kann ich es für mich behalten. Sag's ihm bald. Lange halte ich es nicht aus. Es ist unglaublich ..."

Sie hastete vorwärts, und da kam ihr der tröstliche Gedanke: Nun steht einer Ehe mit Ulrike nichts mehr im Wege.

Dienstag

Der Zug war nur schwach besetzt. Schwester Ulrike hatte einen Fensterplatz und schaute vergnügt hinaus.

Man müßte einmal auf all den schönen Wegen der Wiesen und Wälder wandern, an denen man so schnell vorbeifährt, dachte sie.

Bei Mainz wechselte der Zug auf die linke Rheinseite. Sonne lag über den Weinbergen längs des Stromes, überstrahlte die Burgen und Städtchen. Stromaufwärts und stromabwärts zogen breite Lastkähne. Die Kabinen der Rheinschiffer hatten schneeweiße Gardinen an den kleinen Fenstern. Hier und da flatterte auf einem Schiff weiße und bunte Wäsche im Fahrtwind, oder ein weißer Spitz lief kläffend über das glatte Deck eines Lastkahns.

Die wechselnden Bilder, Schiff und Strom, Berg und Tal, die Burgen auf halber Höhe und die bunten Städte am Ufer versetzten Ulrike in rechte Ferienstimmung.

Der leise Verdruß, der sich gemeldet hatte im Gedanken an den Besuch im Hause Monheimius, war verflogen.

Hinter Koblenz rückten die Gleise weg vom Rhein. In der Ebene breiteten sich Kalkwerke aus, und ganze Felder gestapelter Ziegelsteine beherrschten das Bild. Die Sonne ließ das Grau noch trübseliger erscheinen.

Das Siebengebirge, dessen Hügel bald darauf

jenseits des Rheines auftauchten, machten das Bild wieder freundlicher.

Nordwärts eilte der Zug und rollte dann in eine weite Bahnhofshalle. Ulrike war am Ziel.

Vom Fenster ihres Abteils aus sah sie bei der Einfahrt Dr. Monheimius auf dem Bahnsteig stehen. Sein Blick glitt suchend am einfahrenden Zug entlang.

Ein gutes Gefühl wärmte Ulrikes Herz. Wie nett, daß er sie abholte. So stimmte es wohl, was Frau Monheimius am Sonntag beim Abschied gesagt hatte: „Wir alle freuen uns auf Ihr Kommen."

Im Grunde genommen wußte Ulrike nicht, was sie eigentlich dort im Hause sollte. Frau Monheimius stand ihr kaum näher als andere Patienten, die ihrer Sorge anvertraut waren, auch wenn sie die Mutter von Dr. Monheimius war. Die Zusammenarbeit mit ihrem Sohn war nach Ulrikes Meinung kein Grund zu der Einladung. Lieber wäre Ulrike die Tage bis zu der bevorstehenden Urlaubsreise zu Hause geblieben.

Wenn Vater nur nicht so spontan die Einladung angenommen hätte, dachte Ulrike.

Da hielt der Zug.

Ulrich sah Schwester Ulrike erst, als sie vor ihm stand und ihn fröhlich begrüßte.

„Schwester Ulrike, willkommen! Ich habe nach der Haube Ausschau gehalten und Sie daher nicht entdeckt. Gute Fahrt gehabt?"

„O ja, die Fahrt am Rhein entlang war bei diesem schönen Wetter für mich schon ein kleines Erlebnis. Ich kannte die Strecke noch nicht."

„Wenn man die Strecke mit dem Auto zurücklegt – was ich schon oft getan habe –, kommt man kaum zu dem Genuß."

Er hatte ihr den Koffer abgenommen, und sie gingen die Treppe hinunter. Im Hin- und Herwogen der Reisenden und im Lärm der rollenden Züge über dem Tunnel zum Ausgang war ein Gespräch nicht möglich. Erst als sie auf den Vorplatz hinaustraten, sagte Ulrich: „Meine Mutter freut sich sehr auf Sie, Schwester Ulrike. Ich glaube, sie hat regelrecht Sehnsucht nach Ihnen. Den ganzen Vormittag hat sie immer wieder auf die Uhr geschaut und war äußerst besorgt, daß ich rechtzeitig zum Bahnhof käme."

„Wir haben uns ja erst vor zwei Tagen verabschiedet. Da sollten Sehnsucht und Freude nicht übermäßig sein."

„Sie werden ja sehen."

Er führte Ulrike zu seinem Wagen und verstaute den Koffer. Nachdem sie eingestiegen waren, lenkte er den Wagen durch das Gewühl der Innenstadt. Ulrike saß still neben ihm.

„Sie sagen ja gar nichts."

„Ich möchte Sie nicht ablenken, Herr Doktor. Wenn ich mit meinem Vater fahre, liebt er es nicht, angesprochen zu werden, solange wir im Stadtverkehr herumkurven. Er sagt, dann müsse er sich auf den Verkehr konzentrieren."

„Sie haben nicht ganz unrecht. Wir haben zu

Hause noch Zeit genug zum Erzählen. Eins möchte ich Ihnen aber jetzt schon sagen: Ich habe mit meiner Mutter über meine Taufe gesprochen."

„Das ist schön; und wie hat Ihre Frau Mutter es aufgenommen?"

„Sie war offensichtlich bestürzt. Ich fürchtete schon, sie würde einen Rückfall bekommen. Das wäre mir arg gewesen. Sie lief zu meinem Vater, als müsse sie eine Zuflucht haben. Es war etwas verwirrend für mich."

„Sie war damit also nicht einverstanden?"

„Das kann ich nicht sagen. Sie nahm es zur Kenntnis und ließ alles offen. Nun steht mir noch bevor, darüber mit meinem Vater zu sprechen. Ich möchte es bald tun, das Gespräch jedoch nicht vom Zaune brechen. Wenn es sich allerdings nicht zufällig ergibt, muß ich die Gelegenheit herbeiführen. Es widerstrebt mir, ihn im Zweifel über meinen Zustand zu lassen, zumal sich durch die Anwesenheit Ihres Vaters Gespräche ergeben, bei denen ich Farbe bekennen muß."

„Nach allem, was Sie mir von Ihrem Elternhaus erzählt haben, nehme ich an, auch für Ihren Vater wird Ihr Geständnis etwas schockierend sein. Wenn schon Ihre Mutter so eigenartig reagiert hat, was erst wird Ihr Vater dazu sagen?"

„Vater ist sehr tolerant. Wahrscheinlich nimmt er es gelassener auf. Ich denke, Sie werden es miterleben, denn ich habe nicht die Absicht, ihn noch lange im unklaren zu lassen. – So, und da sind wir, Schwester Ulrike."

Ihr ging es wie ihrem Vater. Sie blickte die Straße hinauf und hinunter und dachte: So vornehm also wohnen diese Leute!

Ulrich öffnete das niedere Törchen zum Vorgarten mit einem Drücker.

Ulrikes Blick fiel auf den Klingelknopf in der kupfernen Muschel.

„Perle", dachte sie und hatte plötzlich das Gefühl, hier schon einmal gewesen zu sein.

Sie folgte Ulrich, der vorausging, um die Haustür aufzuschließen. Da erschien auch schon Frau Monheimius.

„Willkommen, Schwester Ulrike! Wie ich mich freue! Kommen Sie herein. Ulrich, du trägst bitte den Koffer gleich hinauf in Sabines Zimmer."

„In Sabines Zimmer?"

Er glaubte nicht richtig gehört zu haben und wiederholte gedehnt: „In – Sabines – Zimmer?"

Ulrike, gewöhnt zu beobachten, sah eine tiefe Röte in die Wangen ihrer Gastgeberin steigen. Diese schluckte und sagte gepreßt: „Ja doch, Ulrich!"

Dann nahm sie Ulrike beim Arm.

„Sie können sich hier in der Garderobe die Hände waschen. Dann sollen Sie sich nach der langen Fahrt erst einmal ein wenig stärken."

Ulrich stieg die Treppe zum ersten Stock hinauf. Er begriff es nicht. Ulrike sollte in Sabines Zimmer schlafen?

Dieses Zimmer war tabu seit dem Tage, da seine Mutter ohne Sabine nach Hause gekommen war. Dieses Zimmer wurde stets saubergehalten, aber niemals verändert. Alles mußte so bleiben, wie seine kleine Schwester es verlassen hatte.

Selbst in den Jahren, da die Besitzer von Einfamilienhäusern zwangsweise hatten Mieter aufnehmen müssen – meist waren es Ausgebombte –, war es seinem Vater gelungen, bis auf ein altes Ehepaar Fremde fernzuhalten.

Ulrich, langsam Stufe für Stufe nehmend, entsann sich der beiden alten Leute nur flüchtig. Sie hatten die beiden Zimmer bewohnt, die jetzt die Schlafzimmer seiner Eltern waren. Das Ankleidezimmer dazwischen hatte sein Vater damals als Küche herrichten lassen. Ulrich wußte nicht einmal, ob das alte Ehepaar gestorben oder ausgezogen war.

Ulrich hatte das Zimmer seiner kleinen Schwester nie mehr betreten. Nicht, daß er davor eine besondere Scheu gehabt hätte. Es existierte für ihn einfach nicht mehr, so wie Sabine nicht mehr existierte.

Nun sollte Ulrike in dem Zimmer wohnen? Sabines Zimmer, seiner Mutter Heiligtum? Was dachte sie sich dabei?

Zwei Gedanken huschten flüchtig durch sein Hirn, seines Vaters Bemerkung: „Feuer gefangen?" und Mutters Frage: „Taufen? Wegen Ulrike?" Er schüttelte den Kopf und schob den Gedanken beiseite. Er drehte am Schlüssel der Tür, aber sie war nicht verschlossen. Mitten im Zimmer setzte er den Koffer ab und sah sich um.

Alles stand noch an seinem Platz, nur das Kinderbettchen war gegen ein normales Bett ausgetauscht worden. Später erfuhr er, wann seine Mutter das angeordnet hatte. Am Freitag, als sie Pastor Körber und Ulrikes Zusage hatte, hatte sie von der Klinik aus angerufen, und Wieselchen hatte dem Wunsch natürlich sofort entsprochen.

Hier hatte er mit Sabine gespielt. Ein bißchen wehmütig kam ihm die Erinnerung an den kleinen blonden Lockenkopf. Das war so lange her! Was hatte sich seine Mutter eigentlich dabei gedacht, als sie den Entschluß faßte, Ulrike hier einzuquartieren? War der Bann endlich gebrochen? War es der Anfang einer völligen Genesung? Das wäre psychologisch kaum denkbar. Natürlich gab es auf medizinischem Gebiet Dinge, die dem Arzt Rätsel auferlegten.

Noch einmal kam Ulrich der Gedanke an die Bemerkungen: „Feuer gefangen?" – „Wegen Ulrike?"

Nein, wie konnte Mutter über seinen Kopf hinweg für ihn und Schwester Ulrike Pläne machen. War ihr das zuzutrauen? Er war bereit gewesen, um der Mutter willen zweimal auf eine Heirat zu verzichten. Nun Mutter zuliebe zu heiraten, nein!

„Kommt gar nicht in Frage", murmelte er vor sich hin und schloß die Tür hinter sich.

Unterdessen hatte sich Ulrike die Hände gewaschen und folgte Frau Monheimius in die große Halle, die zugleich Wohnraum war. Erschrocken blieb sie stehen.

„Dort hat früher ein Flügel gestanden", hätte sie beinahe gesagt und auf die große Palme gezeigt, die mitten im Raum ihre Fächer ausbreitete.

Ein Schauer lief über ihren Rücken.

Woher kenne ich das?

Wann habe ich das schon einmal gesehen?

Habe ich davon geträumt?

So etwas gibt es doch gar nicht! dachte sie, und wie ein eiserner Ring legte es sich um ihre Brust.

Frau Monheimius wandte sich um.

„Bitte kommen Sie, Schwester."

Sie traten auf die Terrasse hinaus.

„Schön ist es hier", sagte Ulrike, nur um ihre eigene Stimme zu hören, nur um sicher zu sein, daß sie nicht träumte.

Wieselchen erschien, um nach den Wünschen des Gastes zu fragen.

Frau Monheimius stellte die beiden einander vor. „Schwester Ulrike hat mich in der Klinik so liebevoll betreut", sagte sie, „wir müssen sie ordentlich verwöhnen in den paar Tagen, die sie bei uns bleibt."

Wieselchen starrte Ulrike wortlos an.

„Was gibt es, Wieselchen? Warum schauen Sie Schwester Ulrike so erstaunt an?"

„Es ist – weil –", sie schüttelte den Kopf.

„Wieselchen ist schon dreißig Jahre bei uns. Wir haben ihren Familiennamen Wiesel ein bißchen abgewandelt. Aber nun sagen Sie, was Sie wünschen, Schwester, kalt oder warm, mit oder ohne Alkohol –"

„Alkohol auf keinen Fall", Ulrike versuchte mühsam ein Lächeln, „bitte, bringen Sie irgend etwas. Ich bin es gar nicht gewöhnt, besondere Wünsche zu äußern."

„Ich habe eine gute Fleischbrühe –"

Ulrike nickte.

Wieselchen starrte noch immer, wandte sich dann mit einer raschen Bewegung ab und verschwand.

Was für ein merkwürdiges Benehmen, dachte Ulrike. Laut sagte sie: „Dreißig Jahre? Wie alt ist sie denn? Sie sieht noch recht jung aus."

„Sie ist mit vierzehn Jahren von der Schulbank weg zu uns gekommen. Die alte Nana, die mein Mann mit in die Ehe brachte, schaffte es nicht mehr allein. Damals schon war eine Hilfe fürs Haus nur schwer zu bekommen. Die Frauen und Mädchen gingen lieber in die Fabrik. Wir waren froh, als uns das halbe Kind empfohlen wurde, obwohl Nana ungehalten war. Sie hat Wieselchen aber gut angelernt. Ich wüßte nicht, was wir ohne sie anfangen sollten."

Ulrich kam und setzte sich schweigend zu den Frauen. Er war mit seinen Gedanken noch in Sabines Zimmer und seiner Mutter Entscheidung. Sie plauderte unentwegt mit Ulrike, fragte, ob der Dienst in der Heilstätte sehr anstrengend sei; was sie in ihrer Freizeit treibe; ob sie nicht ein paar Tage länger bleiben wolle; ob – und wie – und was –

„Ich hätte Sie so gern etwas länger bei uns gehabt und hatte gehofft, Sie könnten wenigstens vierzehn Tage bleiben. Ulrich könnte Ihnen Gesellschaft leisten. Ich würde Sie keineswegs ganz für mich in Anspruch nehmen. Jugend gehört zur Jugend. Für mich fiele gewiß auch noch manche Stunde ab."

„So jung sind wir beide gar nicht mehr, Mama. Schwester Ulrike wird auch ohne mich keine Langeweile haben, weder hier noch sonstwo. Wir dürfen Schwester Ulrikes Ferienpläne nicht durcheinanderbringen."

Frau Monheimius überhörte offensichtlich das Gesagte.

„Ulrich hat mir von seiner Taufe erzählt. Ihr Herr Vater und Sie selber sind ja nicht ganz unbeteiligt daran. Darüber hinaus haben Sie beide auch beruflich gemeinsame Interessen, und wenn man im Urlaub auch nicht fachsimpeln soll, so haben Sie doch viel Gesprächsstoff. Wäre es nicht schön, ungestört von Berufspflichten einmal über alle Dinge zu sprechen, die Sie interessieren?"

„Mama, du solltest Schwester Ulrike nicht bedrängen. Ihre Eltern haben mehr Anspruch zu stellen als du, und ich glaube, Schwester Ulrike freut sich auf ihre Reise und das Zusammensein mit ihren Eltern."

Ulrike, der das Gespräch lästig wurde, nickte eifrig und sagte: „Sie haben recht, Herr Doktor. Ich freue mich schon darauf, meinen Vater hier zu sehen. Er ist jetzt wohl in Angermund?"

„Ja, die Tagung wird ihn die meiste Zeit in Anspruch nehmen. Hast du dir schon überlegt, was wir der Schwester heute bieten können, mein Sohn?"

Ulrich, dessen Verdacht sich erhärtete, daß seine Mutter ganz bestimmte Pläne verfolgte, antwortete: „Nein, Mama, daran habe ich nicht gedacht. Schwester Ulrike ist doch deinetwegen gekommen."

„Aber das heißt doch nicht, daß ich sie ganz in Beschlag nehme. Sie soll sich in unserer Gegend umsehen, Freude und Abwechslung haben. Wie wäre es zum Beispiel mit einer Bootsfahrt?"

„Hätten Sie Lust dazu?" fragte Ulrich.

„O ja, das ist sicher eine vergnügliche Sache. Was ist es für ein Boot?"

„Ich könnte mein Segelboot flott machen, aber dafür brauche ich zuviel Zeit. Nehmen wir also eines der Rheinboote. Wochentags sind sie nicht stark besetzt. Ich weiß zwar nicht die Abfahrtszeiten, aber wir könnten auf gut Glück zum Bootssteg gehen und die Zeit bis zur Abfahrt mit einem Spaziergang überbrücken."

„Das ist ein guter Vorschlag, Ulrich. Aber jetzt möchte ich Schwester Ulrike erst ihr Zimmer zeigen."

Frau Monheimius erhob sich und ging voraus.

In der Halle sah sich Ulrike noch einmal um. Wieder spürte sie den Druck in der Herzgegend. Sie wandte sich schnell zur Treppe und folgte Frau Monheimius in den ersten Stock.

Oben angekommen, zögerte die Hausfrau einen

Augenblick, ehe sie die Tür zu Sabines Zimmer öffnete.

Ulrike war zu sehr mit sich selbst beschäftigt, um das kurze Zaudern zu bemerken.

Frau Monheimius aber bereute in diesem Augenblick ihren voreiligen Entschluß, Ulrike Sabines Zimmer zu überlassen. Doch nun gab es kein Zurück mehr.

Sie standen in der offenen Tür, und Ris sagte gepreßt: „Machen Sie sich's bequem ... dort die Tür ... das Bad ..." Es ging über ihre Kraft. Sie ließ Ulrike stehen und eilte die Treppe hinunter.

Immer noch – immer noch – nach so vielen Jahren – ich werde es niemals los, dachte sie. Nur mit Mühe unterdrückte sie das Weinen.

Ulrike, verwirrt der Davoneilenden nachschauend, trat ins Zimmer und schloß die Tür.

Sie preßte die Hand auf den Mund und erstickte den Schrei, der über ihre Lippen wollte.

Sie erstarrte.

Dieses Zimmer!

Auf einem Schränkchen standen vier Stofftiere in einer Reihe. „Mucki – Macki – Micki – Mex", flüsterte sie. Woher hatte sie diese Namen?

Der Druck in der Herzgegend steigerte sich ins Unerträgliche. Sie nahm den Teddybär in die Hand.

„Mucki", murmelte sie, „den kenne ich doch, ich kenne sie alle. Macki, der kleine pusselige Hund – und Micki, das Kätzchen mit den roten Augen – wie ist das nur – und der Affe – Mex –"

Sie wagte kaum, das Äffchen in die Hand zu nehmen. Verstört murmelte sie: „Wenn ihm nur nicht ein Auge fehlt –"

Dann nahm sie ihn doch in die Hand. Ihr unterdrückter Schrei wurde zu einem Stöhnen. Das linke Auge fehlte.

„O mein Gott, Herr Jesus!"

Sie setzte das Tierchen wieder auf seinen Platz zu den drei andern. Dann sank sie vor dem Bett in die Knie.

„Nicht – nicht – mein himmlischer Vater, laß mich nicht krank werden! Nicht d i e s e Krankheit! Nicht die Verwirrung des Geistes! Schicke mir Schmerzen, wenn es sein muß, daß ich leide, aber bitte nicht d a s – nicht die Verwirrung des Geistes!"

Ulrike kniete lange in wortlosem Gebet. Eine furchtbare Angst schnürte ihr die Kehle zu. Sie dachte an die Kranken in der Heilstätte, an die verworrenen Vorstellungen und Gedanken, von denen sie verfolgt und gequält wurden.

Das kalte Entsetzen kroch ihr über den Rücken.

Wie lange sie auf den Knien gelegen hatte, wußte sie nicht. Erst ein leises Anklopfen ließ sie aufschrecken.

„Ich – ja – nein –"

„Habe ich Sie gestört, Schwester? Wenn Sie noch etwas ausruhen wollen, lassen Sie sich Zeit. Ich wollte nur fragen, ob Sie etwas wünschen."

Sie erkannte Ulrichs Stimme.

„Danke, Herr Doktor, ich komme gleich."

Ausruhen? Hier in diesem Zimmer? Jetzt? Nein!

Da stand ihr Koffer.

Soll ich um ein anderes Zimmer bitten? Unmöglich! Mit welcher Begründung? Weiß ich, was mich in einem anderen Zimmer an Vorstellungen überfällt?

Mit ein paar Handgriffen ordnete sie ihre Sachen im Schrank. Nur nicht hysterisch werden, rief sie sich in Gedanken zur Ordnung. Ohne noch einmal zu den Stofftierchen zu sehen, ging sie ins Badezimmer und kühlte ihr heißes Gesicht.

Ob man ihr ansah, daß sie geweint hatte?

Noch ein paar Striche übers Haar, dann ging sie hinunter. Auch in der Halle sah sie sich nicht um, sondern ging schnell auf die Terrasse, wo sie Ulrich sitzen sah.

„Habe ich Sie gestört, Schwester?"

„Ja und nein. Hier ist alles so – so –"

Sie suchte nach dem richtigen Ausdruck. „Neu", das meinte sie nicht, auch nicht „fremd".

„Ich muß mich erst zurechtfinden."

„Ist das so schwer? Meine Mutter wünscht, daß Sie sich wie zu Hause fühlen. Ich natürlich auch. Aber das ist vielleicht gar nicht so einfach. Sagen Sie, fehlt Ihnen etwas? Sie sehen so ernst aus, beinahe verstört. Geht es Ihnen nicht gut?"

„Es ist – ich möchte es Ihnen als Arzt sagen und nicht als Sohn des Hauses. Ich habe – mir ist –"

Ulrich wartete.

„Ich bin ganz durcheinander. Mich beunruhigt

etwas ganz Seltsames. Mir ist, als sei ich hier schon einmal gewesen. Vieles kommt mir bekannt vor. Natürlich ist das ganz unmöglich, aber ich habe Angst."

„Angst? Wovor?"

„Wenn ich an die Kranken in der Heilstätte denke –. Oben im Zimmer überkam es mich mit solcher Gewalt – eine geradezu krankhafte Vorstellung. Ich frage mich, bin ich noch normal?"

„Was überfiel Sie mit Gewalt?"

„Die Vorstellung, alles schon erlebt, oder besser, gesehen zu haben. Ich konnte es einfach nicht abschütteln."

Ulrich sah die Schwester forschend an.

„Machen Sie sich keine Gedanken darüber. Mir geht es manchmal auch so. Ich betrete einen Raum und habe den Eindruck, ihn bis in alle Einzelheiten zu kennen. Ich grüble und suche in der Vergangenheit, wann ich in diesem Raum gewesen sein könnte. Oder ich habe eine Begegnung, und es ergibt sich eine Situation, von der ich bestimmt zu wissen glaube, das alles schon einmal erlebt zu haben. Eigentlich müßten Sie wissen, wie wir Psychologen dieses Phänomen beurteilen. Es handelt sich dabei um Überschneidungen der im Gehirn gespeicherten Eindrücke. Die Inder dürften dadurch zum Begriff der Seelenwanderung gekommen sein. Sie wissen wohl, was darunter zu verstehen ist?"

„Ja, sie glauben, der Mensch käme nach seinem Tode in einer neuen Existenz wieder zur Welt und sein neues Sein würde bestimmt von den guten oder bösen Taten seines vergangenen Lebens."

„Auch eine Art von Auferstehungsgedanken, nicht wahr? Ich denke, Sie haben eine andere Vorstellung vom Leben nach dem Tode. Legen Sie also keinen Wert auf Ihre Eindrücke. Sie werden bald vergehen."

„Bitte, nehmen Sie mich ernst und versuchen Sie nicht, die Sache zu verharmlosen. Ich weiß zuviel von den krankhaften Täuschungen Geistesgestörter, von den Stimmen, die sie hören, von ihren Einbildungen, zum Beispiel: Königin von England zu sein. Darf ich Sie an Frau Seewald in Zimmer 39 erinnern, um nur diesen einen Fall zu nennen. Sie wissen viel besser, welche absurden Ideen einen Menschen beherrschen können. Noch denke ich nur an eine Form von Hysterie und versuche das Ganze als eine leichte psychische Störung anzusehen. Es kann aber auch der Anfang einer ernsten Erkrankung sein. Darum spreche ich mit Ihnen darüber."

„Das ist jedenfalls gut. Sie sind im Grunde Ihres Wesens ein froher und ausgeglichener Mensch und ein gläubiger dazu. Mir scheint, Sie haben sich zu sehr verausgabt, da Sie mit ganzem Herzen bei Ihren Kranken sind, die an den seltsamsten Vorstellungen und an schizophrenen Symptomen leiden. Jetzt, da alles hinter Ihnen liegt und Sie zur Ruhe kommen, treten die gespeicherten Eindrücke zu Tage. Nach einer gewissen Zeit der Entspannung wird dieser Zustand überwunden sein. Ich denke, bis zu Ihrer Abreise am Samstag werden Sie es schon vergessen haben. Sie machen weder den Eindruck einer hysterischen Frau noch einer geistig-seelisch Gestörten. Es ist gut, daß Sie darüber gesprochen haben. Sie wissen selbst aus Ihrem Dienst, wie sehr die Aussprache erleichtert."

„Danke, Herr Doktor. Ich bekam furchtbare Angst. Der Eindruck war zu stark."

„Ich denke, wir wollen jetzt nicht mehr davon sprechen. Ich möchte Ihnen etwas zeigen, was Sie bestimmt interessiert. Einen Augenblick, ich habe es gleich zur Hand."

Ulrich hatte die Klagen der Schwester mit viel größerer Sorge aufgenommen, als er sich anmerken ließ. Sie war überarbeitet, das war seine ehrliche Meinung. Er fand ihren Zustand bedenklich. Während er in das Arbeitszimmer seines Vaters ging, dachte er an eine Reihe von Medikamenten, verwarf sie aber sofort wieder. In diesem offensichtlichen Anfangsstadium einer seelischen Störung war es nicht ratsam, mit Kanonen nach Spatzen zu schießen. Ulrike mußte abgelenkt werden, neue, erfreuliche Eindrücke gewinnen. Sie mußte auch körperlich einen Ausgleich schaffen. Dazu würden die geplanten Wanderungen im Gebirge viel Gelegenheit geben.

Von der Halle aus beobachtete er die Schwester unbemerkt, als er mit einem Bildband aus seines Vaters Arbeitszimmer kam. Sie starrte blicklos vor sich hin. Ihr Zustand schien gar nicht so harmlos zu sein. Aber das wollte er ihr gegenüber keinesfalls zugeben.

Ulrike schaute auf, als er wieder auf die Terrasse trat.

„Sie wollen mit Ihren Eltern in die Schweiz. Ich habe hier meisterhafte Aufnahmen von den Alpen, die werden Sie gewiß interessieren."

Er setzte sich neben sie und schlug das Buch auf.

Ulrike war entzückt.

„Wie schön, ja, diese Aufnahmen sind wunderbar!"

Sie wendete Blatt für Blatt.

„Das gibt einen Vorgeschmack auf das, was uns erwartet. Die Berner Alpen, Jungfrau, Mönch und Eiger – davon haben wir in einem Prospekt eine Aufnahme, natürlich nicht zu vergleichen mit dieser herrlichen Wiedergabe."

„Sie haben sicher nicht vor, die Gipfel zu stürmen. Selbst mit einem guten Bergführer würde ich Ihnen nicht zu großen Bergtouren raten."

„Es sieht so aus, als ob man mit der Bergbahn bis ganz hinauf zum Gipfel der Jungfrau fahren kann."

„Wenn Sie sich an das Klima gewöhnt haben, können Sie das riskieren. Der Höhenunterschied ist erheblich. Haben Sie ein festes Standquartier für den ganzen Urlaub?"

„Ja, Grindelwald. Es soll ein Haus ganz am Rande des Ortes sein. Wir lieben nicht den Trubel der meisten Kurorte, sondern suchen Ruhe und Entspannung."

„Ich kenne die Schweiz. Es gibt dort durch den starken Fremdenverkehr an vielen Orten Betrieb und Rummel. Aber für den, der die Ruhe liebt, gibt es auch ebenso viele Möglichkeiten zu völliger Abgeschiedenheit und Einsamkeit. Allerdings ist die Flucht in die Stille meist mit Bergsteigen verbunden, und für uns Menschen der Ebene, die wir schon stöhnen, wenn wir auf den Feldberg mit seinen etwa neunhundert Metern steigen –"

„Wenn Sie den im Taunus meinen, den bin ich mit meinen Eltern schon manches Mal hinaufgestiegen, er ist achthunderachtzig Meter hoch."

„Sie wissen gut Bescheid. So etwas merke ich mir nie. Wissen Sie zufällig auch, wie hoch Grindelwald liegt?"

„Natürlich, darüber haben wir uns genau informiert. Ich meine, das muß man wissen, wenn man ein paar Wochen dort bleiben will. Der Ort liegt eintausendundsiebenundfünfzig Meter über dem Meeresspiegel, wenn der Prospekt recht hat, was ja anzunehmen ist."

„Bravo! Ist ja toll, was Sie alles wissen. Blättern Sie nur weiter. Sehen Sie, da haben wir schon eine Aufnahme von Grindelwald."

Ulrike las: „Grindelwald mit Schreckhorn. Ja, dieser Berg, der den Ort überragt, kann einen schon schrecken. Nach dieser Aufnahme zu urteilen, sieht er so aus, als wolle er gleich mit seinen grauen Felsmassen den Ort zudecken."

„Er wird nicht gerade herunterpurzeln, wenn Sie dort sind."

Ulrike lachte.

Dr. Monheimius registrierte es als Arzt mit Erleichterung. Wenn schon eine so kleine Ablenkung genügte, um Schwester Ulrike heiter zu stimmen, konnten ihre krankhaften Vorstellungen nicht von großer Bedeutung sein.

Frau Monheimius, die nach der Mittagsruhe von der Halle aus die beiden vertraut nebeneinander sitzen sah und Ulrike lachen hörte, zog sich schnell wieder zurück.

Nur nicht stören! Man brauchte bestimmt gar nicht nachzuhelfen, sie würden sich finden, davon war sie überzeugt.

Herr Monheimius, der zur gewohnten Zeit nach Hause kam, begrüßte Schwester Ulrike wie eine alte Bekannte.

„Da haben wir ja das Wunderkind", rief er aus und nahm ihre Hand.

„Wunderkind, das möchte ich überhört haben, Herr Direktor."

„Und ich den Direktor. Eins steht fest, Sie haben an meiner Frau beinahe ein Wunder vollbracht."

„Mit diesen Federn möchte ich mich nicht schmücken. Andere sind an diesem vermeintlichen Wunder bestimmt stärker beteiligt."

„Nur nicht so bescheiden, Schwester. Man sieht es Ihnen an, wie Sie sich im Beruf einsetzen, blaß und schmal, wie Sie sind. Jetzt erholen Sie sich mal gründlich! Meine Frau wird Sie nur zu gern aufpäppeln."

„Dazu werden die wenigen Tage, die Schwester Ulrike bleibt, kaum ausreichen", sagte Ulrich. „Wir werden unser Möglichstes tun, ihr Abwechslung und frische Luft zu bieten. Nachher wollen wir mit dem Bötchen fahren."

Am Kaffeetisch herrschte eine ungezwungene, heitere Stimmung. Auch für Ulrike trat alles Bedrückende in den Hintergrund. Gleich nach der kleinen Mahlzeit machten sich die jungen Leute auf den Weg zum Rhein.

Sie kamen gerade rechtzeitig zum Landesteg und fanden auf dem Motorboot einen windgeschützten Platz auf der Sonnenseite.

Ulrich, immer bemüht, Schwester Ulrike keine Zeit zum Grübeln zu lassen, erklärte: „Der Niederrhein bietet landschaftlich nicht so wechselvolle Bilder wie der Mittelrhein zwischen Bingen und Bonn. Wer aber wie ich hier geboren ist, der liebt die Landschaft mit seinen Pappeln und dem Ufergebüsch, seiner Weite und dem lichten Himmel darüber."

„Wollen Sie in Zukunft hier in Ihrer engeren Heimat leben?"

„Wissen Sie nichts von dem Angebot Ihres Vaters?"

„Sie meinen den Ruf nach Johannesburg? Ja, davon weiß ich. Haben Sie nicht schon abgelehnt?"

„Ich habe weder ja noch nein gesagt. Seitdem ich nicht mehr an den blinden Zufall glaube, sondern an einen persönlichen Gott, sehe ich alles, was auf mich zukommt, aus einem ganz anderen, neuen Gesichtswinkel. Ich kann nicht wie früher mir nichts, dir nichts, Entscheidungen treffen. Es ist für mich nicht einfach, in jedem Fall danach zu fragen, ob es für mich das Richtige ist. So bin ich in der Frage, ob ich nach Johannesburg gehen soll, ziemlich unsicher. Ihr Vater sagte einmal, als Christ, nein, er sagte, als Nachfolger Jesu sei man bemüht, bei allen Entscheidungen nach dem Willen Gottes zu fragen. Das ist leicht gesagt. Wie aber erkenne ich den Willen Gottes, wenn es zum Beispiel um die Frage geht, ob ich hier in der Stadt eine eigene Praxis aufmachen, ob ich mich ganz der Forschung widmen oder nach Johannesburg gehen soll? Vor dieser Frage stehe ich und muß notgedrungen entscheiden. Dabei kann mir kaum jemand raten und helfen. Meine Mutter würde mir, entsprechend ihren eigenen egoistischen Wünschen, raten, mich hier anzusiedeln. Meinem Vater wäre das recht, aber er würde fragen: Was bringt mehr ein, Praxis oder Forschung? Johannesburg würden beide von vornherein ausklammern. Diese Entscheidung zu treffen, ist im Augenblick mein Problem."

„Damit, daß sich ein Mensch für Jesus entscheidet, lösen sich nicht automatisch alle seine Probleme."

„Sie haben recht, es ist im Gegenteil so: Die Wahl meiner weiteren Tätigkeit ist erst zu einem Problem geworden, seitdem ich mit Gott rechne."

„Mit Gott rechnen, das haben Sie gut gesagt.

Also rechnen Sie getrost mit Gott. Er wird Ihnen den Weg weisen."

„Bedenken Sie, liebe Schwester Ulrike, das alles ist mir neu. Ich muß von Tag zu Tag üben, um es so auszudrücken, das neue Leben mit Gott zu leben. Sie haben wahrscheinlich von Kindheit an gelernt, mit Gott zu rechnen. Für mich hat Gott nicht existiert. Ich habe nicht über Gott nachgedacht. Können Sie sich dahinein versetzen, wie es ist, mit zweiunddreißig Jahren eine völlig neue Sicht zu erlangen von dem, was Gott und das eigene Sein betrifft? Was Ihnen selbstverständlich und geläufig ist, muß ich erst mühsam lernen. Sie können, geistlich gesehen, laufen und gehen sicher Ihren Weg. Ich krabble noch auf allen Vieren und muß erst laufen lernen."

„Ich verstehe Sie sehr gut. Es hat aber auch seine Gefahren, von Kindheit an mit Gottes Wort vertraut zu sein."

„Gefahren? Wieso?"

„Es besteht die Gefahr der Gewöhnung. Ein Mensch, der, solange er denken kann, morgens mit Gebet aufsteht und abends mit Gebet einschläft, der die Heilswahrheiten der Bibel kennenlernt, sobald er sprechen kann, der täglich einen Abschnitt aus der Bibel hört, das Glaubensbekenntnis und die Zehn Gebote am Schnürchen aufsagen kann – ein solcher Mensch läuft Gefahr, das alles als selbstverständlich hinzunehmen. Für ihn kann alles zu einem angelernten Glauben werden, zu einem einfachen Fürwahr-Halten, das nichts mit der Glaubens- und Gotteserfahrung zu tun hat, die Sie als reifer Mensch erlebt haben."

„Ihr Glaube ist gewiß kein angelernter, gewohnheitsmäßiger, das spürt man."

„Sie haben es gespürt? Es wird einem selber nicht bewußt, mir wenigstens nicht, wie ich auf andere wirke und ob ich glaubwürdig bin. Im übrigen ist es individuell, wann und wie Gott uns begegnet."

„Können Sie ganz konkret sagen, an dem und dem Tag, bei der und der Gelegenheit ist Gott mir begegnet, habe ich erkannt, er ist wirklich und nicht nur ein in meiner Vorstellung existierender Geist oder wie Sie es auch nennen wollen?"

„Ich denke schon. Ich war etwa neunzehn Jahre alt und glaubte im Sinne eines Für-wahr-Haltens. Eines Tages kam eine Schwester auf meine Station, die ich vom ersten Augenblick an nicht leiden konnte. Das beruhte offensichtlich auf Gegenseitigkeit. Es kostete mich ungeheure Überwindung, mit ihr zusammenzuarbeiten. Einmal schob sie etwas, was sie verpatzt hatte, auf mich. Ich steckte den Rüffel zwar ein, der daraufhin fällig war, kochte innerlich aber. Ich war empört, denn ich konnte ihr nichts beweisen. Es war mir unmöglich, weiterzuarbeiten, und ich bat die Stationsschwester, mich für eine Stunde zu beurlauben, weil mir nicht gut sei. Die Schwester vermutete bestimmt einen Zusammenhang, ohne zu ahnen, daß mich die Unaufrichtigkeit der Kollegin mehr aufregte als der Rüffel vom Stationsarzt. Ich weiß nicht, ob ich vor Erregung rot oder blaß war, jedenfalls sagte sie, ich solle mich eine halbe Stunde hinlegen, wenn ich nun mitten im größten Betrieb nicht mehr weiter könne. So spöttisch das auch klang, ich lief auf mein Zimmer. Dort legte ich mich allerdings nicht hin, sondern kniete nieder und betete. Noch nie hatte ich so inbrünstig gebetet, noch nie hatte ich das Angewiesensein auf Gottes Hilfe so deutlich gespürt. Mitten im Gebet kam eine große Ruhe über mich. Ich ging wieder auf Station und an meine Arbeit. Da trat Schwester Agnes, die unsympathische, verhaßte, aus einem Krankenzimmer. Ich weiß es noch heute, es war Zimmer zweihundertachtundzwanzig.

‚Helfen Sie mir, Frau Junkers hat einen Blutsturz', sagte sie. In diesem Augenblick wußte ich: Gott ist da, Jesus ist eine Wirklichkeit. Ich konnte mit einer Leichtigkeit, ja, mit Freude Schwester Agnes zur Hand gehen. Es war eine so perfekte Zusammenarbeit, wie ich sie nie für möglich gehalten hätte. Ich brauche Ihnen die näheren Umstände nicht zu schildern. Natürlich hatten wir den Arzt gerufen. Als die Kranke frisch gebettet in den Kissen lag, reichte mir Schwester Agnes die Hand und sagte: ‚Was sind Sie für ein feiner Kerl!' Das war alles. Später hat sie mir gestanden, sie hätte damals die Schuld auf mich geschoben in der Erwartung, ich würde vielleicht auf eine andere Station versetzt werden, weil sie mich nicht hätte leiden können. Sehen Sie, mein lieber Doktor, als ich damals vor meinem Bett kniete, als ich wegen einer ganz profanen Sache mit Jesus sprach, das war die Stunde meiner Hinwendung, obwohl ich bereits Jesus liebte und Gott anbetete. Jetzt wußte ich erst wirklich, was glauben heißt. Jetzt war Jesus, den ich seit frühester Kindheit kannte, mein persönlicher, lebendiger, gegenwärtiger Heiland geworden. Im entscheidenden Augenblick konnte ich Schwester Agnes lieben! Ich wußte um Sünde und Gnade und um Gottes Erbarmen, aber nun war m i r Erbarmung widerfahren."

„Sie wissen, bei mir war es ganz anders."

„Ja, es wird bei jedem anders sein, denn es gibt keine Norm für die Bekehrung. Sie ist ganz individuell."

„Trotz meinem Wunsch, Gottes Willen zu tun, frage ich mich, haben wir von Gott nicht unsern gesunden Menschenverstand bekommen, um unsere Lebens- und Berufsfragen selbst zu entscheiden?"

„Ich möchte Ihnen von einem Mann erzählen, der mit eben diesem gesunden Menschenverstand ganz deutlich Gottes Weg und Willen erkannte und danach seine Entscheidung traf.

In der Gemeinde meines Vaters ist ein Familienvater, ein ernster, überzeugter Christ. Er ist meinem Vater seit vielen Jahren eine fast unentbehrliche Hilfe in der Jugendarbeit. Vor ein paar Jahren bot ihm seine Firma einen bevorzugten Posten im Außendienst an. Er hätte dadurch wesentliche wirtschaftliche Vorteile bekommen. Er hat die Stellung abgelehnt. Seine Kollegen haben den

Kopf geschüttelt, ihn für dumm erklärt und gespöttelt. Selbst mein Vater meinte, er solle sich das gut überlegen.

Der Mann sagte: ‚Wenn ich diese Stellung annehme, kann ich mich nicht mehr der Jugendarbeit widmen; bin ich während der ganzen Woche unterwegs, fehlen mir Ruhe und Sammlung zur Vorbereitung. Außerdem leidet darunter die Erziehung meiner Kinder, ja, das ganze Familienleben. Selbst wenn ich im Außendienst hier und da Gelegenheit fände, ein Zeugnis für Jesus zu sein, so wiegt das die regelmäßige Jugendarbeit nicht auf. Wir kommen mit meinem jetzigen Gehalt aus. Meine Frau ist der gleichen Meinung. Wir sind nach gemeinsamem ernstlichen Gebet zu dem Entschluß gekommen, das Angebot nicht anzunehmen.‘"

„Ich finde die Einstellung dieses Mannes großartig. So stelle ich mir echte Nachfolge vor. Aber bei mir liegt der Fall ganz anders. Geld spielt für mich keine Rolle. Für mich geht es genauso wie diesem Manne darum, mit meinem Können und auch mit meinem Glauben Gott zur Verfügung zu stehen. Da bietet sich Johannesburg für meine Tätigkeit als Arzt und zugleich als missionarischer Dienst an. Aber kann ich meiner Mutter eine so große Trennung zumuten? Bei mir ist es gerade umgedreht. Jener Mann verzichtete auf die Stellung um des Dienstes und der Familie willen. Ich verzichte auf den Dienst um der Familie willen. Das ist ein großer Unterschied."

„Ihre Mutter ist ein Argument, das gegen Johannesburg spricht, das sehe ich ein, mag Ihre Aufgabe dort noch so wichtig sein."

„Da aber dieses Angebot ohne mein Hinzutun auf mich zukommt, habe ich das beinahe untrügliche Gefühl, der von Gott gewollte Weg führt dorthin. Ich bin ja kein schwärmerischer, unreifer Jüngling mehr, der sich von seinen Wünschen und Gefühlen leiten läßt. Ich habe den Glauben an einen persönlichen Gott nicht im Gefühlsrausch angenommen. Wie soll ich darüber Klarheit erlangen, ob Johannesburg mehr ist als ein menschliches Angebot, daß es ein Ruf Gottes an mich ist? Bitte, denken Sie nicht, mich locke das Abenteuer, die Ferne, das ganz Neue. Ich bin mir bewußt, daß es eine schwere Aufgabe ist, die ich dort zu übernehmen hätte. Wie weit werde ich da mit der Apartheid-Politik konfrontiert? Eine leichte Aufgabe, zu der man sich drängt, ist es keinesfalls. Sagen Sie nur nicht, es sei einfach, Gottes Willen zu tun. Trotz aller Gebete bin ich mir noch nicht klar über den Willen Gottes."

„Wenn wir im Glauben handeln, dann wird Gott auch aus dem verkehrtesten Entschluß etwas Richtiges machen, denn er sieht das Herz an."

Ulrich lächelte.

„Wie alt sind Sie eigentlich, Schwester Ulrike? Verzeihen Sie die Frage. Sie sind so resolut und stehen mit beiden Beinen auf der Erde, aber wenn es um Glaubensfragen geht, kommen Sie mir vor wie ein Kind, das sich auf den Vater verläßt, in der Zuversicht, er wird es schon richtig machen."

Das Boot legte an. So wurde Ulrike der Antwort enthoben. Die meisten Fahrgäste stiegen aus. Ulrich und Ulrike zogen es vor, für die Rückfahrt auf dem Boot zu bleiben. Sie wechselten nur die Plätze, um auf der Sonnenseite zu sitzen.

Durch das anregende Gespräch und die neuen Eindrücke auf dieser kleinen Rheinfahrt hatte Ulrike ihre quälenden Vorstellungen vergessen.

Erst als sie wieder vor dem Haus standen und ihr der Klingelknopf aus Perlmutter in die Augen fiel, legte sich erneut ein leiser Druck auf ihr Herz.

Sie unterdrückte eine Bemerkung Ulrich gegenüber. Eine solche Klingel gab es wahrscheinlich auch anderswo. Vielleicht hatte sie eine ähnliche einmal in einem Urlaubsort gesehen.

Sie gab sich Mühe, alles zu übersehen, was ihr im Hause bekannt vorkam. Leider ließ es sich nicht vermeiden, hinauf in Sabines Zimmer zu gehen. Sie zog sich rasch um. Vergeblich wehrte sie sich gegen den Alpdruck; der Gedanke, in diesem Zimmer schlafen zu müssen, raubte ihr fast den Atem. Ihr war, als starrten die vier Stofftiere auf dem Schränkchen unablässig zu ihr herüber. Mit einem Stoßgebet verließ sie das Zimmer und kam so heiter wie möglich an den Abendbrottisch.

Frau Monheimius konnte beim besten Willen keine besondere Vertrautheit zwischen den beiden jungen Menschen feststellen. Nach wie vor blieb es bei einer gegenseitigen Distanz.

Ulrich ließ es keine Ruhe, er wollte in seiner

Glaubensfrage dem Vater gegenüber Klarheit schaffen. So fragte er nach der Mahlzeit: „Hast du etwas Zeit für mich, Papa? Ich habe dir etwas Wichtiges mitzuteilen.“

Monheimius, gewöhnt, nicht alles im Beisein seiner Frau zu erörtern, dachte an Ulrichs Berufspläne und sagte: „Selbstverständlich. Die Damen entschuldigen uns wohl ein Weilchen. Gehen wir in mein Zimmer.“

Vater und Sohn nahmen im Herrenzimmer einander gegenüber Platz. Ulrich ging ohne Umschweife aufs Ziel los.

„Ich habe mich taufen lassen und einer Freikirche angeschlossen, Vater.“

Monheimius sah seinen Sohn überrascht, und wie es Ulrich schien, belustigt an.

„Hm – Taufe, na schön; Freikirche, was versteht man darunter?“

„Wie soll ich dir das erklären. Es ist der Zusammenschluß von Leuten zu einer Gemeinde, die nicht von staatlichen Steuergeldern unterhalten wird. Sie bauen ihre Kirchen von freiwilligen Beiträgen ihrer Mitglieder, bezahlen aus dem gleichen Fond ihren Pastor und unterstützen davon ihre Armen. Herr Körber ist Pastor einer solchen Gemeinde.“

„Das ist mir eine sympathische Sache. Ich habe es zeitlebens gehalten wie mein Vater. Wir haben keine Steuern gezahlt für die Kirche, eine Institution, die wir nie in Anspruch genommen haben. Dabei ging es uns nie ums Geld, sondern ums

Prinzip. Es kommt mir nicht darauf an, einen Tausender für die Geschädigten einer Flutkatastrophe zu spenden, oder für Menschen, die durch ein Erdbeben Hab und Gut verloren haben. Für kirchliche Zwecke habe ich nichts übrig, so wenig wie für alles, was in irgendeiner Form Kriegszielen oder Kriegsfolgen dient.

Du hast dich also taufen lassen. Nun gut. Das ist deine Sache. Ist das alles, was du mir zu sagen hattest?"

„Ja, Papa."

„Das brauchte nicht so feierlich und unter vier Augen zu geschehen. Es sei denn, du willst Mama schonen."

„Ich habe es ihr gestern abend schon erzählt."

„Aha, daher war sie ein bißchen durcheinander. Für mich hat deine Taufe nichts zu bedeuten. Dadurch ändert sich nichts an unserem gegenseitigen guten Verhältnis."

„Für mich hat sich aber etwas Grundsätzliches geändert. Ich sehe jetzt mein Leben, mein Tun und Lassen mit anderen Augen, von einem anderen Standpunkt aus."

„Wenn schon, Ulrich, das ist deine Sache. Du wirst in manchen Dingen eine andere Überzeugung haben als ich, warum nicht auch in bezug auf die Taufe."

„Es geht nicht um eine neue Überzeugung, es geht um eine neue Art zu leben."

„Eine neue Art zu leben? Wie soll ich das verstehen?"

„Um es ganz knapp und einfach zu sagen, ich möchte nach dem Willen Gottes leben."

„Gottes Wille – wenn du Gott schon ins Spiel bringst, mein Sohn, kannst du mir sagen, was Gottes Wille ist, wenn es wirklich einen Gott geben sollte? Gut, er scheint ja neuerdings in deiner Phantasie zu existieren, aber wie willst du wissen, was dieser Gott will?"

„Ich erforsche und erfahre es aus der Bibel."

„Nun kommst du mir gar noch mit der Bibel, diesem umstrittenen Buch, an dessen Richtigkeit und Wichtigkeit heutzutage selbst viele Pastoren zweifeln. Ich habe neulich darüber einen interessanten Artikel gelesen. Lassen wir das. Bibel, da komme ich nicht mit."

„Ich kann nicht mehr ohne Gott leben wie früher, Papa."

„Hast du nicht immer anständig gelebt?"

„Gewiß, was man landläufig anständig nennt. Seitdem ich die Bibel lese, weiß ich, daß Gott andere Maßstäbe hat. Wenn ich da lese: ‚Sie sind allzumal Sünder ...'"

„Sünder!"

Ulrich ließ sich nicht unterbrechen.

„Oder das Wort: ‚Man kann nicht zwei Herren dienen. Entweder man wird den einen lieben und den andern hassen. Ihr könnt nicht Gott dienen und dem Mammon.'"

Monheimius lachte laut.

„Mammon, Ulrich, den Begriff kenne ich, ohne zu wissen, woher er stammt."

„Damit ist der irdische Besitz gemeint, der zum Götzen wird."

„So, und du hast diesem Götzen gedient? Und ich nach deiner Meinung wahrscheinlich auch."

„Ich fürchte, es ist so. Ich weiß, Papa, Geld bedeutet dir so ziemlich alles."

„Jetzt höre mir einmal gut zu, mein Sohn. Von diesem Mammon führst du ein sehr sorgloses und bequemes Leben. Du hast es dir leisten können, lange zu studieren, ohne dir dein tägliches Brot verdienen zu müssen. Was meinst du, wie dein Leben verlaufen wäre, wenn du von den paar Kröten hättest existieren müssen, die du bisher verdient und mehr oder weniger als Taschengeld verbraucht hast?"

„Kommt es im Leben wirklich nur darauf an sich viel leisten zu können?"

„Bleibe doch sachlich und vernünftig, Ulrich. Gut, ich mache aus Geld immer mehr Geld, dabei nütze ich aber zugleich der Volkswirtschaft. Ohne Geld funktionieren Handel und Wandel nicht. Es ist nur recht und billig, wenn ich dabei zum eigenen Profit komme. Du bist Arzt, und wenn du mal in der eigenen Praxis tätig bist, wirst du, je nach deinem Können und deinen Leistungen, auch viel Geld verdienen. So ist das auch nur recht und billig, und kein Gott kann und wird dir deswegen böse sein. Geld regiert die Welt, mein Junge!"

„Eben, diese Welt, aber Jesus sagt: Mein Reich ist nicht von dieser Welt. Er sagt: Liebe deinen Nächsten wie dich selbst."

„Jesus, wer war Jesus? Ein Mensch mit guten Ideen, ein hoffnungsloser Idealist."

„Jesus Christus ist Gottes Sohn, gekommen und gekreuzigt, um die Menschen zu erlösen von der Sünde der Selbstsucht und Eigenliebe. Dafür ist er gestorben und auferstanden."

Monheimius starrte seinen Sohn fassungslos an.

„Bist du verrückt geworden? Bist du dort zwischen den – den – du weißt schon?"

„Mama war zu wiederholten Malen zwischen diesen Unglücklichen."

„Du kannst Mama nicht mit den unheilbar Verrückten vergleichen. Jesus, um dir meine Meinung über ihn zu sagen, soweit ich überhaupt eine habe: Jesus wurde wie alle Weltverbesserer für seine Idee gekreuzigt. Darüber habe ich bereits gestern mit Pastor Körber diskutiert. Diese Art Weltapostel werden heute hinterrücks erschossen, weil man erkennt, daß ihre Ideen nicht zu verwirklichen sind. Sie sterben für ihre Theorien, und ich bedaure sie nicht. Wahrscheinlich sind sie dabei ganz zufrieden. Sie wollen und erwarten es nicht anders.

Was dich anbelangt, meinetwegen magst du diesen Jesus für einen Heiligen halten. Du bist alt genug und es steht dir frei, zu glauben, was du für glaubhaft hältst. Meinetwegen gehe in Kirchen und Kapellen und lies in der Bibel, soviel du willst – wenn du nichts Besseres zu tun hast. Aber versuche nicht, mit solchen absurden Ideen in meine Kreise einzudringen. Ich habe zeitlebens ohne Gott gelebt und werde es weiterhin ohne Gott aushalten. Und noch eins: Beunruhige Mama nicht. Sie war gestern abend nach dem Gespräch mit dir offensichtlich schockiert. Ich mache dich dafür verantwortlich, wenn ich sie wieder ins Sanatorium bringen muß."

Ulrich hatte die Frage auf der Zunge, ob seine Mutter, die doch einen biblischen Namen trug, früher, als Papa sie kennenlernte, auch ohne Gott und Glauben gelebt hätte. Aber Monheimius, der aufgestanden war und erregt auf und ab ging, fuhr fort: „Laß dir ein für alle Male gesagt sein: Geld ist eine sehr reale Macht. Was meinst du, wie es Mama ergangen wäre, wenn sie in einer staatlichen Anstalt auf Kosten der Allgemeinheit hätte leben müssen?"

Ulrich schauderte. Er hatte ein Jahr in einer solchen Anstalt assistiert, ehe er in das exklusive Sanatorium gegangen war, in dem er Schwester Ulrike begegnete. Nur zu gut wußte er, wie es in den Heilstätten zuging, die nicht die Möglichkeit und die finanziellen Mittel haben, um auf jeden Patienten genügend eingehen zu können.

„Da wirst du blaß, mein Sohn. Gott, Jesus, was erreichst du damit? Geld ist eine Realität, die besser überzeugt als deine Hirngespinste."

Ulrich senkte den Kopf. Sollte er sagen: Alles bekommst du auch für alles Geld der Welt nicht. Mit Millionen kannst du Mama nicht die Gesundheit und Herzensfrieden kaufen, konntest du Sabines Tod nicht verhindern.

Er sagte es nicht. Es wäre ein Schlag ins Gesicht gewesen. Und wäre das im Sinne Jesu?

Zögernd nahm er die Hand, die der Vater ihm entgegenstreckte. „Vertragen wir uns wie bisher, mein Sohn! Und nun komm, wir wollen zu den Damen gehen."

Monheimius übersah bewußt die forschenden Blicke, mit denen Ris und Schwester Ulrike ihm und Ulrich begegneten.

Er eröffnete ein Gespräch über Ulrichs Zukunftspläne. Frau Monheimius äußerte ihren Lieblingswunsch.

„Du könntest dir endlich hier in der Stadt eine eigene Praxis einrichten. Es wäre schön, wenn wir dich in der Nähe hätten."

„Daran habe ich auch schon gedacht. Wahrscheinlich würde ich, wenn ich mich als Spezialist niederlasse, sogar zu allen Kassen zugelassen werden."

„Als ob du auf die Krankenkassen angewiesen wärst!"

„Meinst du, Papa, ich wollte auf die oberen Zehntausend als Patienten angewiesen sein?"

„Schwester Ulrike könntest du als Sprechstundenschwester nehmen", sagte Ris.

Ulrike protestierte.

„O nein, ich gehöre ans Krankenbett."

„Sehr gut, Schwester", lobte Monheimius. „Sie wissen wenigstens, was sie wollen. Ich wünschte, Ulrich wüßte das auch so genau wie Sie."

„Ich denke, für Herrn Doktor ist es schwieriger

als für mich. Wer die Wahl hat, hat die Qual. Aber jetzt möchte ich etwas ganz anderes fragen: Wann kommt mein Vater von seiner Tagung?"

„Ulrich wird ihn gegen zehn Uhr abholen. Wenn Sie nicht zu müde sind, können Sie mitfahren. Du hast gewiß nichts dagegen, Ulrich?" sagte Frau Monheimius. Sie sah schon wieder eine günstige Gelegenheit zur Verwirklichung ihres Planes.

„Nein, dazu bin ich nicht zu müde. Darf ich?" wandte die Schwester sich an Ulrich.

„Aber sicher, wenn ich Ihnen damit eine Freude mache."

Die jungen Leute brachen bald auf.

„Was wollte Ulrich von dir?" fragte Ris, als sie mit ihrem Mann allein war.

„Mir von seiner Taufe sagen, Ris. Er hat es dir gestern schon erzählt, wie er mir sagte. Reden wir nicht davon."

„Ein Gutes hat die Taufe jedenfalls: Jetzt wird der Pastor nichts dagegen haben, wenn Ulrich um seine Tochter anhält."

„Ich bitte dich, Ris, versteife dich nicht darauf! Schlag dir den Gedanken ganz aus dem Kopf."

„Hast du nicht bemerkt, wie gern sie mit Ulrich fahren wollte?"

„Es ging ihr mehr um ihren Vater, verlaß dich darauf."

„Sie sieht in Ulrich noch zu sehr den Vorgesetzten."

„Dazu ist hier keine Veranlassung. Wenn es auch nicht in jedem Fall so ist, wie es damals bei dir und mir war – ich sah dich und wußte, noch ehe ich mit dir ein Wort gewechselt hatte: die oder keine.

Bei den beiden ist nicht die geringste Andeutung von Verliebtheit."

„Sie sagen noch immer ‚Sie' zueinander. Das schafft einen Abstand. Bitte, Schatz, fädle du es ein, daß sie diese steife Form überwinden. Damit ist bestimmt viel gewonnen. Du kannst so etwas sehr geschickt einrichten. Willst du?"

Monheimius lachte.

„Es ist wie eh und je, Ris, ich kann dir nichts abschlagen. Gut, ich will dir den Gefallen tun. Du wirst sehen, auch damit ändert sich nichts zwischen den beiden."

Ris schwieg.

Der Abend war mild, und vom Garten her kam der Duft des Flieders. Der abnehmende Mond sah mit schiefem Gesicht hinter den Büschen hervor.

Sie hörten den Wagen vorfahren. Stimmen kamen von der Straße her. Ris ging den Ankommenden entgegen.

„Ich denke, wir trinken noch ein Glas Wein miteinander", schlug Monheimius vor.

Er verschwand und kam mit einer Flasche zurück. Ris holte die Gläser.

Monheimius, bemüht, seiner Frau wieder einmal einen Wunsch zu erfüllen, hob sein Glas und sagte: „Auf Ulrike und Ulrich. Ich denke, ihr laßt das steife Sie und sagt du zueinander."

Alle standen auf. Ulrich hakte sich bei Ulrike

ein und nickte: „Ja, auf gute Freundschaft und alles Gemeinsame!“

Ulrike, die sehr wohl wußte, was Ulrich damit meinte, lächelte und sagte leise: „Gott mag es schenken!“, dann aber laut und deutlich: „Ich werde mich noch oft versprechen. Wir sind zu sehr an das Sie gewöhnt.“

Mit Besorgnis beobachtete Ulrich am nächsten Morgen Ulrike, die wie abwesend in der Halle stand und ihren Blick erschrocken durch den Raum gleiten ließ.

Plötzlich schüttelte sie sich, als liefe ein Schauer über ihren Rücken. Sie schloß sekundenlang die Augen und ging dann langsam zur Terrasse hinaus, auf der der Frühstückstisch gedeckt war. Ein mühsames Lächeln glitt über ihre Züge, als Frau Monheimius und Ulrich ihr einen guten Morgen wünschten.

Frau Monheimius wirkte hausfraulich am Tisch, schenkte den Kaffee ein, bot Brötchen, Butter und Honig an, ohne Ulrikes bedrücktes Wesen zu bemerken.

„Was habt ihr heute vor?" fragte sie.

Ulrich war schnell mit der Antwort bereit. Er hatte nicht viel Zeit gebraucht, um zu überlegen, womit Ulrike am besten abgelenkt werden könnte. Er sah sehr wohl, wie es um sie stand.

„Ich denke, wir gehen zum Rhein hinunter und werden dann sehen, wohin uns der Weg führt; vorausgesetzt, Ulrike ist mit einem Spaziergang einverstanden."

„Ich bin mit allem einverstanden. Etwas Besseres kann man sich an einem so schönen Tag wie heute gar nicht wünschen."

Frau Monheimius freute sich über den ungezwungenen Ton zwischen den beiden, der ihre

Wünsche und Hoffnungen nährte, trotz aller Warnungen ihres Mannes.

Ulrich hatte erst seinen Vater, der nicht mehr gern selbst fuhr, ins Büro und anschließend Pastor Körber nach Angermund gefahren. Am Abend vorher hatte er Ulrike ermahnt, sich gründlich auszuschlafen. Die Tablette, die er ihr anbot, hatte sie gern eingenommen. Wie erhofft, war sie in dem Zimmer, das ihr so unheimlich bekannt vorkam, schnell eingeschlafen. Aber beim Erwachen überfielen sie die merkwürdigen Vorstellungen sofort wieder.

Jetzt war sie froh, für eine Weile aus dem Haus zu kommen, in dem sie den Druck auf dem Herzen nicht los werden konnte. Doch dann erlebte sie eine neue Überraschung, die sie schockierte und bei Ulrich eine nur schwer zu verbergende Bestürzung auslöste.

Sie waren durch den Park zum Rhein gegangen, wandten sich aber nicht, wie am Tag vorher, zur Schiffsanlegestelle, sondern Ulrich bog in die breite, von Platanen beschattete Rheinpromenade ein. Plötzlich blieb Ulrike wie angewurzelt stehen.

„Oh, da ist es wieder – dort die Kaimauer – und der Geruch – diese Bäume – und das Plätschern der Wellen am Ufer..." Sie schlug beide Hände vors Gesicht.

Betroffen wies Ulrich sie zunächst in einem strengen Ton zurecht. „Ich bitte dich, Ulrike, in Frankfurt gibt es eine ähnliche Kaimauer, den gleichen Geruch des Wassers und das Plätschern am Ufer. Du hast bestimmt keinen Grund zum Erschrecken."

„Ich weiß, entschuldigen Sie bitte, Herr Doktor!"

„Ist es dir so ernst, daß du jetzt in mir nur den Arzt siehst und ganz vergißt, daß wir neuerdings du zueinander sagen?"

„Ich kann es nicht beschreiben. Ich wehre mich dagegen, aber es liegt wie ein Alp auf mir. Hilf mir bitte, Ulrich. Es kann ja nur der allererste Anfang einer Erkrankung sein, und doch fürchte ich mich so sehr."

„Du mußt dir nicht einreden, es sei krankhaft", versuchte Ulrich sie zu beruhigen, obwohl er sehr besorgt war. „Ich sagte dir schon und kann es nur noch einmal versichern, mir geht es manchmal auch so, daß ich meine, irgendwo schon einmal gewesen zu sein, auch wenn ich bei längerem Nachdenken feststelle, daß es unmöglich ist."

Trotz dieser beruhigenden Erklärung hielt er es für angebracht, die Richtung zu ändern. Er lenkte die Schritte quer durch die Anlagen und sagte: „Wir könnten in die Stadt fahren, aber ich werde nicht erst den Wagen holen, sondern wir werden gleich mit der Straßenbahn fahren. Da bleibt mir die Suche nach einem Parkplatz erspart, und wir können im Zentrum aussteigen. Du wirst sehen, unsere Stadt kann es gut und gerne mit Frankfurt aufnehmen."

Ulrike antwortete nicht. Sie kannte sich in der psychiatrischen Therapie zu gut aus, um nicht zu wissen, was Ulrich bezweckte. Es ging ihm offensichtlich darum, sie zu zerstreuen. Er war also gar nicht so unbesorgt um ihren Zustand, wie er sich gab. Nach kurzer Fahrt gingen sie an langen Häuserzeilen entlang, die breite Geschäftsstraße hinunter und an Schaufenstern vorüber. Es herrschte das übliche Treiben einer Großstadt.

„Da wir einmal hier sind", sagte Ulrich, „könnte ich mir Ersatzblätter für mein Ringbuch mitnehmen", und steuerte ein Geschäft mit Büromaschinen und Schreibwaren an.

Gerade als sie eintreten wollten, schleuste die Drehtür ein junges Mädchen heraus.

„Ulrich!" rief es sichtlich erfreut aus. „Auch mal wieder im Lande? Schön, daß wir uns treffen."

Er stellte vor: „Meine Cousine Ruth Riedinger, Schwester Ulrike Körber. Sie hat Mutter in der Heilstätte gepflegt und ist jetzt ein paar Tage bei uns. Wie geht es deiner Mutti?"

„Danke, bestens, und deiner Mama? Ist sie wieder zu Hause?"

„Ja, seit vorgestern. Hast du ein wenig Zeit? Dann könnten wir zusammen eine Tasse Kaffee trinken, wenn es dir recht ist, Ulrike?"

„Gewiß, wir haben ja nichts besonderes vor."

Ulrich steuerte auf ein Straßencafé unter den blühenden Kastanienbäumen der Allee zu.

Sie fanden einen Tisch für drei Personen, und Ruth sagte: „Wenn du mich schon einlädst, Ulrich, dann bitte eine Portion Eis."

Sie einigten sich alle drei auf Ruths Vorschlag,

und dann wollte Ruth wissen, ob ein Zusammentreffen mit ihrer Mutter möglich zu machen sei.

„Die verwandtschaftlichen Beziehungen zwischen Tante Damaris und meiner Mutti sind etwas getrübt, milde ausgedrückt, und ich bin sogar die völlig unschuldige Ursache dafür."

Ulrich runzelte die Stirn.

„Laß doch die alten Dinge ruhen."

„Wenn Schwester Ulrike deine Mama gepflegt hat, weiß sie bestimmt einiges, und vielleicht ist es für sie gar nicht so uninteressant, mal die andere Seite zu hören."

Ulrich erhob sich.

„Meinetwegen erzähle ihr, welche Rolle du dabei gespielt hast. Ich hole mir inzwischen drüben bei Bauermann Blätter für mein Ringbuch."

„Pah, er braucht deswegen nicht fortzulaufen. Er hat mit der dramatischen Geschichte meiner Geburt nichts zu tun. Da Sie Tante Ris gepflegt haben, kennen Sie gewiß die Ursache ihres Nervenleidens, und viel Neues werde ich Ihnen gar nicht sagen können."

„Gewiß, ich weiß einiges, jedenfalls soviel, daß sie ihr Kind im Krieg verloren hat. Es ist bei einem Bombenangriff umgekommen."

„Ja, und zwar in der Nacht, in der ich geboren wurde. Was kann ich dafür? Was kann meine Mutti dafür? Sie hat mir erzählt, daß ich unter dem Bombenhagel, der am 4. Dezember 1943 auf Leipzig niederging, im Keller eines Krankenhauses das Licht der Welt erblickte, wie man so sagt.

Es muß ein sehr trübes Licht gewesen sein, denn man hatte, wie Mutter mir sagte, nur eine stinkende Karbidlampe zur Verfügung."

„Leipzig?" sagte Ulrike, und noch einmal: „Leipzig? Vierter Dezember? Das ist ein sehr merkwürdiges Zusammentreffen. Ich bin auch in Leipzig geboren, allerdings ein paar Jahre früher. Meine Mutter ist in der Nacht, in der Sie geboren wurden, in dem Bombenhagel, von dem Sie sprachen, ums Leben gekommen."

„Ach, das ist wirklich seltsam! Seit wann leben Sie im Westen?"

„Meine Eltern haben immer in Frankfurt gelebt und sind nach dem Krieg dorthin zurückgekehrt."

„Moment mal, das ist mir zu kompliziert. Ihre Eltern haben immer in Frankfurt gelebt, Sie sind in Leipzig geboren, Ihre Mutter ist dort gestorben. Das verstehe ich nicht."

„Ich habe mich unklar ausgedrückt. Ich bin es so sehr gewöhnt, meine Adoptiveltern einfach Vater und Mutter zu nennen und von ihnen als von meinen Eltern zu reden. Ich bin Kriegswaise. Pastor Körber und seine Frau haben mich adoptiert."

„Mein Vater ist gefallen, ehe ich geboren wurde, aber ich habe wenigstens meine Mutti behalten. Können Sie sich noch an Ihre Eltern erinnern?"

„Nein, ich weiß nur vom Hörensagen von ihnen. Sie hießen Zambelli. Mein Vater war aus Rumänien, Mutter Volksdeutsche aus dem Banat. Ich habe es später erfahren, und es ist so ziemlich alles, was ich von ihnen weiß. Pastor Körber und seine Frau sind mir immer Vater und Mutter gewesen, meine leiblichen Eltern habe ich nie entbehrt."

„Nun sind wir ganz von Tante Ris und ihrem Verhältnis zu meiner Mutti abgekommen. Sie kann es nicht vergessen, daß ich geboren wurde in der Nacht, da ihre kleine Sabine starb. Ich meine Tante Ris kann es nicht vergessen. Da kommt Ulrich schon zurück. Reden wir also von etwas anderem. Bleiben Sie noch länger hier?"

„Nein, ich fahre am Sonntag mit meinen Eltern in die Schweiz."

„Ich werde noch eine Zeitlang zu Hause bleiben", sagte Ulrich, der die letzten Worte gehört hatte. Er setzte sich und begann sein Eis zu löffeln, das inzwischen serviert worden war.

„Du, Ulrich, ich habe soeben von Schwester Ulrike etwas Drolliges erfahren, eine überraschende Neuigkeit."

„Hat sie dir erzählt, daß ich mich habe taufen lassen?"

„Nein, nein!" protestierte Ulrike.

Ruth aber rief aus: „Also eine Überraschung nach der andern. Da wird Mutti sich freuen. Hast du es deinen Eltern schon erzählt?"

„Natürlich, man kann so etwas nicht verheimlichen. Das wäre Feigheit oder besser gesagt: Verrat."

„Das mußt du uns genau erzählen, Ulrich. Wie ist das überhaupt möglich?"

„So etwas kann man nicht zwischen zwei Löffeln Eis erörtern. Ich denke, wir werden uns sehen, wenn Schwester Ulrike abgereist ist. Irgendwann läßt es sich schon einrichten.“

Ruth hatte ihr Eis bewältigt, sah nach der Uhr und sprang auf. „So spät schon, ich muß nach Hause. Schade, daß Sie so bald abreisen, Schwester! Aber wir sehen uns noch, Ulrich? Tschüß! Und schönen Dank für das Eis.“

Sie winkte noch einmal zurück und verschwand zwischen den Passanten.

„Hat sie dir erzählt, warum meine Tante Esther unser Haus nicht mehr betreten darf?“

„Nein, dazu kamen wir nicht. Als sie hörte, daß ich in Leipzig geboren bin, kamen wir vom Hölzchen aufs Stöckchen. Es ist wohl auch nicht so wichtig.“

„Wichtig ist jedenfalls, daß Mama nichts von dieser Begegnung erfährt. Ruth – das ist eine wunde Stelle in ihrem Herzen.“

Sie setzten ihren Stadtbummel fort und kamen zwar etwas müde vom Pflastertreten, aber munter zurück.

Ulrike schien ausreichend abgelenkt zu sein.

Als sich Frau Monheimius nach dem Essen zurückzog, gebot Ulrich: „Du legst dich jetzt auch ein wenig hin, Ulrike, und ruhst dich aus. Das ist eine ärztliche Verordnung“, fügte er ernsthaft hinzu.

Ulrike, die es nach Möglichkeit vermied, das Zimmer im ersten Stock aufzusuchen, bat: „Am liebsten möchte ich mich im Garten in den Liegestuhl legen. Erlaubt das der gestrenge Herr Doktor?"

„Meinetwegen, obwohl ein Liegestuhl nicht das ideale Ruhelager ist."

Kurze Zeit später lag Ulrike mit geschlossenen Augen unter dem Fliederbusch und hing ihren Gedanken nach.

Die Begegnung mit Ruth Riedinger und die Zusammenhänge in jener Bombennacht, von der sie ebenso wie Ulrichs Cousine nur durch Erzählungen wußte, gingen ihr im Kopf herum, bis sich die Gedanken verwirrten und sie fest und tief schlief.

Ulrich stellte es befriedigt fest. Schlaf half bei allen Erkrankungen immer am besten.

Nachdem Ruth sich von Ulrich und Ulrike verabschiedet hatte, erledigte sie ihre Besorgungen und eilte nach Hause.

Sie stürzte förmlich in die Küche, wo ihre Mutter das Essen anrichtete und überfiel sie mit einem Wortschwall.

„Setz dich, Mutti, sonst fällst du um, wenn du hörst, was ich erlebt habe. Ulrich hat sich taufen lassen ... Siehst du, da setzt du dich wirklich, aber das ist noch nicht alles. Ich habe ihn mit einer Schwester getroffen, sie war in Zivil, aber er stellte sie mir als Schwester Ulrike vor. Diese Ulrike ist auch in Leipzig geboren, und zwar in der Nacht ... nein, in der Nacht, als ich geboren wurde, ist ihre

Mutter ausgebombt, tot, meine ich, und ein Pastor hat diese Ulrike adoptiert. Sie hat mit Ulrich zusammen Tante Ris gepflegt. Sie stammt aus Leipzig wie ich, und jetzt treffen wir uns hier."

„Rede nicht so aufgeregt durcheinander. Decke bitte den Tisch und dann erzähle von Ulrich. Das interessiert mich vor allen Dingen und jedenfalls mehr als diese Krankenschwester."

„Aber gerade das ist so interessant."

Ruth deckte den Tisch und lief zwischen der Küche und dem Wohnzimmer hin und her.

„Ulrich will uns nächste Woche besuchen. Jetzt haben sie diese Krankenschwester da, eine reizende Schwester. Sie ist Kriegswaise und heißt eigentlich Zemballi –"

„Wie bitte? Sie stammt aus Leipzig? War der Name vielleicht Zambelli?"

„Kann sein, ja. Ich glaube, so sagte sie."

„Und was war in der Nacht, als du geboren wurdest?"

„Siehst du, nun interessiert es dich doch! Mutti, du wirst ja ganz blaß, was ist dir?"

Esther Riedinger stellte die Salatschüssel auf den Tisch, setzte sich und sagte: „Bitte, Ruth, erzähle mal ordentlich der Reihe nach."

„Was ist denn nur? Ja also, ich kam gerade bei Bauermann aus dem Laden, da traf ich Ulrich mit dieser Schwester Ulrike. Wir gingen zu Hemesath Eis essen, Ulrich hat uns eingeladen. Da hat mir die Schwester erzählt, daß sie in Leipzig geboren ist. Wir kamen darauf, weil ich von der

Nacht und dem Bombenhagel sprach. Von ihrem Vater hat sie gar nicht gesprochen, nur von ihrer Mutter, die ist nämlich in der Nacht bei dem Angriff ums Leben gekommen. Dann hat sie mir noch von dem Pastor erzählt, der sie adoptiert hat."

„Halt, Zambelli, dieser Name ist es. Unsere Nachbarin in Leipzig hieß Zambelli, ein Name, der nicht alltäglich ist. Die Frau war Volksdeutsche aus dem Banat."

„Ja, ja, genau das sagte sie! Volksdeutsche aus dem Banat."

„Frau Zambelli hatte ein kleines Mädchen von etwa drei Jahren, es hieß Ulrike ..."

„O Mutti, das wäre ja zu merkwürdig!"

„Du hast recht, so etwas Ausgefallenes ist nicht zu glauben. Man kann es jetzt nach fünfundzwanzig Jahren auch nicht mehr nachprüfen."

„Warum nicht? Der Pastor müßte es doch wissen."

„Welcher Pastor?"

„Der Ulrike adoptiert hat. Er wohnt in Frankfurt, soviel ich weiß, sie sprach jedenfalls davon."

„Welchen Sinn hätte es, dem Pastor zu schreiben, wieso er das Kind adoptiert hat und ob er Näheres über diese Ulrike weiß."

„Mutti, ich verstehe dich nicht. Das ist doch rasend interessant."

„Bitte sprich nicht wie ein Teenager: ‚rasend interessant'. Natürlich wäre es interessant. Vielleicht kann sie selber mehr über sich und ihre

Eltern sagen. Wir sprechen heute abend noch darüber, wenn ich vom Dienst komme. Ich muß jetzt gehen. Räume bitte auf und bügle deine Blusen. Ich bin nicht dazu gekommen."

Auf dem Wege zur Straßenbahn versuchte Esther, das Gehörte zu ordnen.

Zambelli!

Mit aller Deutlichkeit standen jene Tage vor ihr.

3. Dezember 1943 – Anruf von Damaris. „Ich komme heute abend gegen neun Uhr. Ich bringe Sabine mit." Da hatten schon die Wehen eingesetzt. „Die Schlüssel sind nebenan bei Frau Zambelli", hatte sie Damaris am Telefon gesagt. Wie verlassen hatte sie sich gefühlt, als sie mit ihrem Köfferchen zur Frauenklinik fuhr. Zambelli, die zierliche Frau mit dem tiefschwarzen, über die Ohren frisierten Haar. Sie hatte dunkle, fast schwarze Augen. Nie mehr hatte sie an diese Frau gedacht, die ihr so manchen Liebesdienst erwiesen hatte in den Tagen des Leides um ihren gefallenen Mann. Irgendwer hatte ihr erzählt, sie sei in der Bombennacht ums Leben gekommen. Die kleine Ulrike sei am Tag nach dem Angriff in den Trümmern lebend aufgefunden worden ...

Am Schreibtisch ihrer Dienststelle hatte Esther Mühe, sich auf ihre Arbeit zu konzentrieren.

Am Abend auf dem Heimweg fiel ihr wieder ein, wer ihr von Ulrike erzählt hatte. Es war die junge Frau aus dem Erdgeschoß, die als Rote-Kreuz-Helferin tätig war. Sie hatte behauptet,

Ulrike selber gesehen zu haben. Ein Soldat hätte sie in der Auffangstelle abgeben wollen, wo sie gerade Dienst tat. Wohin das Kind gekommen sei, hatte sie nicht sagen können. Damals, so entsann sich Esther, hatte sie mit sich und ihrer neugeborenen Ruth genug zu tun gehabt, ausgebombt, ohne Bleibe, ohne Habe, nichts gerettet als das nackte Leben und ein paar Nachthemden, die sie mit in die Klinik genommen hatte.

„Du kommst natürlich zu uns", hatte ihr Schwager Monheimius gesagt, als er sie in der Klinik fand. Das freundliche Angebot hatte er zurückziehen müssen, weil Ris sich strikt weigerte, sie zu sehen, von der Aufnahme in ihrem Hause ganz abgesehen. Ris, die geliebte Schwester ...

Esther fühlte nun nach so vielen Jahren wieder den tiefen Schmerz so intensiv wie damals, als Eugen Monheimius ihr den Scheck gab und ihr versprach, sie nicht im Stich zu lassen, und sie bat, Ris zu verstehen.

Der Schwager hatte sie nicht im Stich gelassen.

Und jetzt war Ulrike Zambelli im Hause Monheimius? Unglaublich!

Ruth hatte sich auch mit Ulrikes Schicksal beschäftigt und war froh, mit der Mutter darüber reden zu können.

Die halbe Nacht saßen Mutter und Tochter beisammen und sprachen darüber, ob Schwester Ulrike mit der kleinen Zambelli identisch sein könne.

Das Resultat ihrer Überlegungen war der Entschluß, den Pastor ausfindig zu machen, der Ulrike adoptiert hatte.

Sie ahnten beide nicht, daß Pastor Körber im Hause Monheimius weilte, nur zehn Minuten von ihnen entfernt.

Weder Ulrich noch Ulrike wußten etwas von der Beunruhigung, die die Begegnung mit Ruth hervorgerufen hatte.

Gut gelaunt kam mittags Herr Monheimius nach Hause.

„Ich habe für heute abend Konzertkarten besorgt. Wir müssen unserm Gast doch etwas bieten", sagte er.

„Oh, darauf bin ich nicht vorbereitet. Ich habe dafür kein passendes Kleid mit."

„Dem ist schnell abzuhelfen. Wie ist es, Ris, könntest du mit Schwester Ulrike in die Stadt fahren und ihr ein hübsches Kleid besorgen?"

Ulrikes Einspruch ließ man nicht gelten.

„Lassen Sie mir die Freude, Schwester Ulrike", bat Frau Monheimius. „Ulrich kann uns gleich in die Stadt fahren, und wir werden etwas Hübsches für Sie aussuchen."

Auf der Fahrt ins Zentrum sagte sie: „Wir werden in dem Haus, in dem ich meine Garderobe kaufe, bestimmt etwas für Sie finden."

Sie wandte sich an Ulrich: „Fahre uns zum Salon Merzig, du weißt ja Bescheid."

In der stillen Seitenstraße, wo das vornehme Atelier war, hatte Ulrich Gelegenheit zum Parken.

Er wollte im Wagen warten, aber seine Mutter protestierte.

„Ich denke, du kommst mit und hilfst uns beim Aussuchen."

„Mama, das könnt ihr Frauen viel besser."

„Bitte, Ulrich, das Kleid soll auch dir gefallen."

Er überwand seinen Unmut ebenso wie Ulrike ihr Unbehagen.

Kaum hatten sie den Laden betreten, war schon eine Verkäuferin zur Stelle.

„Was haben Gnädige Frau für Wünsche?"

Ulrike amüsierte sich im stillen über diese altmodische Anrede in der dritten Person. Sie warf Ulrich einen Blick zu und merkte auch ihm eine leichte Erheiterung an.

Da erschien auch schon die Inhaberin des Salons persönlich, eine Dame mit schneeweißem Haar. Sie ging sehr aufrecht, den Kopf erhoben und gemessenen Schrittes. Während sie Frau Monheimius begrüßte und ein paar Worte mit ihr sprach, gelang es Ulrich, der Schwester zuzuflüstern: „Daher!"

Ulrike verstand, sie erinnerte sich eines Romanes, in dem zur Kaiserzeit eine Dame der Gesellschaft einen Empfang gab. Die äußere Haltung dieser Dame war mit der eines preußischen Offiziers verglichen.

Sie bezwang ihren Lachreiz und beschloß, später mit Ulrich darüber zu sprechen.

Jetzt wurde ihre Aufmerksamkeit auf andere Weise gefordert. Schon hingen drei, vier Kleider an den Haken vor einer Kabine, in die sie zur Anprobe gebeten wurde.

Sie sah sich in dem verstellbaren Spiegel von allen Seiten. Widerstrebend zog sie ihr bescheidenes Jackenkleid aus und ließ sich von der Verkäuferin ein seidenes Kleid mit Tupfen überziehen. Sie drehte Ulrike vor dem Spiegel hin und her.

„Entzückend", sagte sie, „die Gnädige Frau weiß auf den ersten Blick, was einem am besten steht. Ich wußte gar nicht, daß Frau Monheimius eine Tochter hat."

„Ich bin nicht Frau Monheimius' Tochter", sagte Ulrike und trat aus der Kabine.

Ulrich, der gelangweilt abseits auf dem Hocker saß, traute seinen Augen nicht.

Frau Monheimius nickte Ulrike zu und sagte zu Frau Merzig: „Hab ich's nicht gesagt?"

Und zu Ulrich: „Gefällt sie dir?"

„O ja, Mama; aber du solltest Schwester Ulrike fragen. Es kommt in erster Linie darauf an, daß ihr das Kleid gefällt."

„Es ist – ich kenne mich selber nicht wieder", sagte Ulrike.

„Wollen wir nicht auch die anderen Kreationen anprobieren?" fragte die Inhaberin des Salons.

Nun wiederholte sich das Ganze. Ulrike verschwand in der Kabine, erschien neu gekleidet wieder, und das mehrere Male. Frau Monheimius aber kam auf das Kleid mit den Tupfen zurück.

„Wie findest du Schwester Ulrike in dieser Toilette? Ist sie nicht ganz Dame und wie aus einem

Modejournal herausgeschnitten?" fragte Frau Monheimius ihren Sohn, während Ulrike in der Kabine wieder ihr Jackenkleid anzog.

Ulrich hatte Ulrike nie auf ihre äußere Erscheinung hin angesehen. Er mochte nicht sagen, wie entzückend er sie fand. „Hm, sie sieht gut aus", sagte er kurz und fügte hinzu: „Sag ihr nur nicht, was der Kittel kostet, Mama."

„Sie nimmt es bestimmt nicht mit nach Hause, ich meine nach Frankfurt. Wann soll sie so etwas anziehen? Bei ihren Kranken? Oder wenn sie demnächst in den Bergen herumkraxelt?" meinte Frau Monheimius.

„Sie geht zu Hause gewiß auch einmal aus, in ein Konzert oder zu einem Fest. Jedenfalls werden sich Gelegenheiten ergeben."

Frau Merzig verabschiedete sich mit einem königlichen Nicken, und als man wieder auf der Straße war, sagte Frau Monheimius: „Zu diesem Kleid gehören natürlich auch ein Paar elegante Schuhe."

„O nein, bitte nicht, Frau Monheimius", wehrte sich Ulrike. Ihr Sträuben nützte nichts.

„Dummerchen, zu diesem Kleid können Sie unmöglich Straßenschuhe tragen. Ich freue mich schon auf heute abend. Sie werden todschick aussehen."

Ulrich drückte sich vom Schuhkauf und der damit verbundenen Anprobe, indem er das Kleid zum Wagen brachte und sich bemühte, jede mögliche Parkgelegenheit zu übersehen.

Die passenden Schuhe für Ulrike wurden gefunden, und man fuhr nach Hause.

„Stellen Sie sich meinem Mann doch einmal in dem neuen Kleid vor", bat Frau Monheimius.

Ulrich, der Ulrikes Unbehagen spürte, kam ihr zu Hilfe: „Laß es eine Überraschung für heute abend sein, Mama."

Ulrike warf ihm einen dankbaren Blick zu.

Sie gingen zusammen in den Garten.

„Du scheinst dich nicht allzusehr über das Kleid zu freuen", meinte Ulrich.

„Natürlich freue ich mich, nur finde ich es viel zu elegant für mich. Es ist ein Kleid für eine Dame wie deine Mutter und nicht für eine bescheidene Krankenschwester.

Ach Ulrich, hier bei euch ist alles so prächtig und vornehm. Mir kam es erst richtig zum Bewußtsein, als die Dame Merzig so hoheitsvoll dahergerauscht kam, in einer Haltung und mit steifen Bewegungen, als hätte sie einen Stock verschluckt."

Beide lachten.

„Das hat sie vor sechzig oder siebzig Jahren so gelernt, Ulrike. Ich glaube, sie ist schon mehr als achtzig Jahre alt und hat ihre Ausbildung in der Zeit vor dem Ersten Weltkrieg genossen. Da war das so üblich."

„Was wünschen Gnädige Frau?" ahmte Ulrike nach.

Ulrich lachte hellauf.

„Ich sehe dich hier endlich einmal richtig heiter,

Ulrike. Dafür lohnt sich der Besuch bei Frau Merzig jedenfalls."

„Du müßtest wissen, wie wenig ich zur Kopfhängerei neige. Ich lache viel und gern. Nur hier bei euch, bei aller Liebe, die mir deine Mutter entgegenbringt und bei aller Freundlichkeit deines Vaters, ich will froh sein, wenn mein Aufenthalt hier am Samstag überstanden ist. Du weißt, warum. Halte mich also bitte nicht für undankbar. Mein Vater und ich, wir passen einfach nicht hierher."

„Ich wüßte nicht, inwiefern du nicht in unser Haus paßt. Ich möchte vielmehr behaupten, du paßt nicht in die Nervenheilanstalt. Du solltest dir einen anderen Wirkungskreis suchen."

„Ich kann nicht einfach davonlaufen."

„Nein, das kannst du nicht. Das kann auch ich nicht. Ich kann nicht einfach aus meinem Elternhaus davonlaufen, in das ich nach meiner Bekehrung nicht mehr passe. Für dich ist es leichter, die Stellung zu wechseln. Das Elternhaus kann man nicht wechseln."

„Wieso passe ich nicht in die Nervenklinik?"

„Muß ich dir das besonders erklären? In der Atmosphäre dieser Art von Krankenhaus verkümmert dein heiteres Gemüt. Ich hab's ja erlebt, wie heiter du in deinem Elternhaus oder im Kreis der Bekannten aus der Gemeinde bist. Du hast dich zu sehr verausgabt bei den psychisch Kranken."

„Jetzt spricht aus dir der Arzt. Ich weiß nicht,

woher mir hier all die seltsamen Vorstellungen kommen. Ich mag gar nicht mehr davon reden. Jetzt freue ich mich auf unsere Reise in die Schweiz, auf das Zusammensein mit meinen Eltern. Was danach wird, muß ich abwarten. Wenn die Nervenklinik für mich nicht mehr das Richtige ist, wird Gott mir einen anderen Weg weisen."

„So stehst auch du vor der Frage: Soll ich nach meinem gesunden Menschenverstand handeln und selbst entscheiden oder allein auf Gottes Führung vertrauen."

„Der Glaube an Gottes Führung ist kein Patentrezept. Gott handelt individuell. Ich vergleiche Gott gern mit einem irdischen Vater. Wie dieser jedes seiner Kinder je nach Neigung und Veranlagung behandelt, so, meine ich, tut Gott es mit seinen Kindern. Mit einem ängstlichen, zaghaften Kind geht ein Vater anders um als mit einem forschen, draufgängerischen. Das forsche Kind wird er bremsen, statt es anzuspornen; das ängstliche ermutigt er. Das ist zwar nur ein ärmlicher Vergleich, aber immerhin . . ."

„Ein Vergleich, der mir einleuchtet. Bitte bedenke, bis zu meinem zweiunddreißigsten Lebensjahr war ich, was Gott und Glauben anbelangt, ein Analphabet. In meinem Alter lernt man nicht so schnell lesen und schreiben wie mit sechs Jahren, um auch bei einem Beispiel zu bleiben."

„Ich nehme an, du wirst bald recht gut lesen und schreiben können."

„Ich bemühe mich jedenfalls."

Frau Monheimius hatte die beiden vom Fenster aus beobachtet.

„Bitte, Schatz, komm und sieh dir die beiden an. Da bahnt sich etwas an. Schwester Ulrike strahlt förmlich, und die Art, wie Ulrich sich ihr zuwendet – ich weiß nicht, wie ich es nennen soll. Wie sie da durch den Garten gehen und miteinander reden, das ist von Interesselosigkeit weit entfernt. Beide sehen richtig glücklich aus."

„Mir erscheinen ihre Mienen eher nachdenklich, Ris. Ich habe nichts dagegen, wenn Ulrich die Schwester heiraten will. Nur werde ich darauf keinen Einfluß ausüben."

„Du könntest es zu Wege bringen, wenn du nur wolltest."

Monheimius dachte: Das ist etwas, was ich nicht kaufen kann. Er sagte: „Ich will es aber nicht, Ris! Du weißt, wie sehr ich immer bemüht bin, deine Wünsche zu erfüllen. Hier geht es aber um die Wünsche der jungen Leute. Beide sind erwachsen. Ich kann Ulrich nicht befehlen, das Mädchen zu heiraten, und noch viel weniger kann ich das von Ulrike verlangen."

„Du mußt zugeben, daß sie sich in den paar Tagen schon nähergekommen sind. Dazu hast du wesentlich beigetragen, indem du veranlaßt hast, daß sie sich einander duzen."

„Dabei werde ich es bewenden lassen."

Beim Abendessen sagte Monheimius zu Ulrich: „Ich muß morgen nach Köln. Du könntest mich hinüberfahren und Schwester Ulrike mitnehmen, ihr die Stadt zeigen oder eine Fahrt den Rhein hinauf machen. Ich kann am Nachmittag oder Abend mit irgendeinem Bekannten zurückkommen, so daß ihr an keine Stunde gebunden seid."

Ulrich fragte Ulrike gar nicht erst um ihr Einverständnis, sondern sagte erfreut zu. Sah er doch in diesem Ausflug eine gute Gelegenheit, Ulrike abzulenken.

Man zog sich zum Umkleiden zurück.

Monheimius stand in der Halle, als Ulrike im neuen Kleid die Treppe herunterkam.

„Donnerwetter!" rief er aus.

Flüchtig durchfuhr ihn der Gedanke: Sie sieht aus wie Ris, als ich sie kennenlernte.

„Schwester Ulrike, Sie sind ja eine schöne Frau! In Ihrer Schwesterntracht kommt das gar nicht zur Geltung."

„Kleider machen Leute, Herr Monheimius, aber keine Persönlichkeiten."

„Gut gesagt; Sie jedoch sind nicht nur eine schöne Frau, sondern zugleich auch eine Persönlichkeit."

Er reichte Ulrike den Arm und sagte zu seiner Frau: „Heute mußt du dich mit deinem Sohn begnügen. Ich werde mich unserm jungen Gast widmen."

Ris drohte ihm scherzhaft mit dem Finger.

„Ei, ei, Eugen! Du solltest Schwester Ulrike

lieber unserm Sohn überlassen. Sie passen besser zusammen."

In heiterster Stimmung fuhr man zur Konzerthalle.

Ulrike hatte alle unguten Empfindungen vergessen, sobald im Orchester die Geigen gestimmt wurden.

Dann löschten die Harmonien alter Meister alle sorgenden Gedanken aus.

Ulrich ließ seine Blicke immer wieder zu Ulrike schweifen. Wie selbstvergessen sie lauschte!

Ris aber, die ihren Sohn von ihrem Platz aus beobachten konnte, glaubte in der Aufmerksamkeit, die er Ulrike widmete, etwas ganz anderes zu erkennen, als ihn in Wirklichkeit bewegte. Sie glaubte in seinen Augen Liebe zu lesen, es war aber nur dankbare Befriedigung darüber, daß die Musik für Ulrike eine heilsame Medizin war.

Ulrike fühlte sich noch ganz benommen, als man nach dem Konzert zum Wagen ging.

„Hat es Ihnen gefallen?" fragte Monheimius.

„Es war wunderbar. Ich danke Ihnen."

„Wollen Sie mit Ulrich nach Angermund fahren und Ihren Herrn Papa abholen?"

Ulrike schüttelte den Kopf.

„Ich möchte jetzt am liebsten allein sein."

Im Augenblick, da sie das ausgesprochen hatte, fiel ihr wieder das Zimmer mit den Stofftieren ein. Aber sie mochte ihren Entschluß nicht zurücknehmen.

So zogen sich die beiden Frauen zurück.

Monheimius blieb auf der Terrasse sitzen und wartete Ulrichs und des Pastors Rückkehr ab.

Sie blieben dann noch zu dritt bei einem Glas Wein zusammen. „Ich muß Ihnen ein Kompliment machen“, leitete Monheimius das Gespräch ein. „Wie haben Sie es nur fertiggebracht, meinen Sohn völlig umzukrempeln?“

„Ich hätte Ihren Sohn umgekrempelt?“

„Er hat sich taufen lassen. So etwas tut man in seinem Alter nicht ohne Überzeugung.“

„Gewiß, wenn Sie das eine Umkrempelung nennen. Aber eine solche grundlegende Änderung der Gesinnung oder Erfahrung ist niemals eines Menschen Werk. Ich kann predigen, kann meinen Hörern, sofern sie Gott suchen, anhand der Bibel den Weg weisen. Bekehren, umkrempeln, wie Sie es nennen, kann ich sie nicht. Es ist der Geist Gottes, der das bewirkt.“

„Sie wissen, ich glaube nicht an Gott und schon gar nicht an Gottes Geist.“

„Und doch fragen Sie, ja, wundern Sie sich, wie die völlige Wandlung Ihres Sohnes möglich ist.“

„Ich bin ganz einfach neugierig, mein lieber Pastor, und ich möchte wissen, wie man es anfängt, einen Erwachsenen mit einer feststehenden Meinung, einen Wissenschaftler, der sich nie mit übersinnlichen Dingen beschäftigt hat, zu einer völlig neuen Auffassung all dessen zu bringen, was er von Kindheit an gehört und in sich aufgenommen hat. Wie fängt man es an, einem intelligenten, klar und logisch denkenden Mann eine neue Idee aufzuzwingen? Ich frage mich, und ich frage Sie: Ist Ulrich dort zwischen den seelisch Kranken labil geworden? Ist er selber nicht mehr ganz normal?"

Ulrich unterdrückte die scharfe Entgegnung, die er auf der Zunge hatte.

„Ich bitte Sie, Herr Monheimius, was für ein abwegiger Gedanke! Es ist schwer zu erklären oder auch gar nicht, warum sich ein Mensch dem Anruf Gottes stellt. Mit einem, der Gott nicht wahrhaben will, kann man darüber überhaupt nicht sprechen. Eigentlich ist unser Reden über solche Dinge müßig. Ihnen kommt es ja gar nicht darauf an, etwas von der Bibel, geschweige denn von Gott und Jesus Christus zu erfahren. Sie wollen debattieren. Ich soll mich, ja, ich soll Gott verteidigen. Das hat Gott nicht nötig. Für Sie trifft zu, was Jesus einmal zu seinen Jüngern sagte, nämlich, sie sollen ihre Perlen nicht vor die Säue werfen."

Monheimius lachte schallend. „Sie schießen scharf, lieber Herr Körber, aber das ärgert mich nicht. Das macht mir Spaß."

Ulrich sprang auf.

„Ich habe genug! Mir ist mein eben erst gefundener Glaube zu ernst und zu schade für deine Ironie und deinen Spott. Gute Nacht!"

Monheimius sah seinem Sohn nach und sagte nach einer Weile: „Der Junge hat wenigstens nichts von der Festigkeit seines Charakters eingebüßt."

„Meinen Sie wirklich, durch den Glauben an Gott verliere ein Mensch seine Charaktereigenschaften? Da sind Sie im Irrtum. Die guten Eigenschaften entwickeln sich dann erst richtig."

„Jedenfalls verändern sie sich, wie ich bei meinem Sohn festgestellt habe. Er hat neuerdings eine merkwürdige Einstellung zum Geld. Er sprach vom Geld, als ob es – hm – wie soll ich es ausdrücken, als sei es eine Art Verbrechen, mehr Geld zu haben, als man braucht. Er drückte das zwar nicht so aus, meinte es aber so. Wie denken Sie darüber?"

„Abraham, Herr Monheimius, von dem die Bibel berichtet, war ein sehr reicher Mann, und der Reichtum des Königs Salomo ist sprichwörtlich. Ich nehme an, Sie wissen, wer Salomo war."

„Er war reich? Ich erinnere mich nur eines Verses aus der Schulzeit, in dem von Salomo als einem Weisen die Rede war."

„Weise war er außerdem. Geld, oder besser, irdischer Besitz kann von Gott gesegnet sein. Nur die Art, wie wir das Geld erwerben und wie wir damit umgehen, kann zur Sünde werden."

„Ulrich zitierte ein Sprichwort: Man kann nicht Gott dienen und dem Mammon."

„Das ist kein Sprichwort, sondern ein Ausspruch Jesu. Damit wollte Jesus nicht sagen, daß alle reichen Leute Diener des Mammon sind. Mit dem Wort Mammon ist der Besitz im allgemeinen gemeint. Auch der einfachste Arbeiter kann dem Mammon dienen. Erleben wir heute nicht in bestürzender Weise die Sucht, alles haben zu wollen, was der andere hat? Dieses Begehren, es andern gleich zu tun, sich leisten zu wollen, was sich der Nachbar leistet, das ist eine Art Verehrung, Dienst dem Mammon. Manche Familien zerbrechen daran. Ich kann mir kein Urteil darüber bilden, wie Sie zu Ihrem Besitz gekommen sind und wie Sie ihn verwalten. Da Sie aber Gott leugnen und an die Macht des Geldes glauben, kann ich verstehen, daß Ihr Sohn dem Gelde kritisch gegenübersteht, nachdem er nun höhere Werte kennengelernt hat."

„Ich bin, wie jeder vernünftige Mensch, auf meinen eigenen Vorteil bedacht. Wer das nicht ist, ist für mich ein Narr. Das Geld ist eine größere Macht auf dieser Welt als alle Ideologien. Wollen Sie das abstreiten?"

„Ja, das bestreite ich. Es gibt so viele Dinge, die man nicht für Geld bekommen kann, nicht für alles Geld der Welt. Zum Beispiel Liebe, Freundschaft, Güte, Mitgefühl, Herzensfrieden und Freude, wirkliche Freude. Ich meine nicht den billigen Zeitvertreib des Vergnügens. – Übrigens ist der christliche Glaube keine Ideologie."

„Was ist er sonst?"

„Der Apostel Paulus sagt im ersten Brief an die Korinther im ersten Kapitel: ‚Das Wort vom Kreuz ist Torheit denen, die verloren gehen, uns aber ist es Gottes Kraft'. Das Wort vom Kreuz Jesu Christi, also die Botschaft von seinem Tod am Kreuz um unserer Sünde willen, das ist der christliche Glaube, von dem Paulus sagt, er sei eine Gotteskraft."

„Das sind mir böhmische Dörfer, mein lieber Herr Körber. Mag Ulrich glauben, was er will. Er hat wahrscheinlich angenommen, ich würde ihm in Zukunft jede finanzielle Unterstützung verweigern. Er ist in der Lage, selbst für seinen Lebensunterhalt zu sorgen. Das hat er nicht zuletzt meinem Gelde zu verdanken, mit dem ich ihm das Studium ermöglicht habe. Ich weiß, es gibt genug junge Menschen, die sich durch die Studienjahre mit sehr geringen Mitteln hindurchquälen.

Wahrscheinlich würde mir Ulrich gern beweisen, daß er nicht auf mein Geld angewiesen ist. Er käme sich vielleicht sogar ein wenig als Märtyrer vor. Aber den Gefallen tue ich ihm nicht. Nach wie vor werde ich ihm den üblichen Scheck zukommen lassen. Mag er mit Gott und seinem Glauben glücklich sein, ich bin es ohne Gott und ohne Glauben."

„Und doch glauben auch Sie an eine Macht, an die Macht des Geldes. Ich gebe zu, der Mammon ist ohne Zweifel eine große Macht. Eine Macht, die die Welt regiert, wie man sagt. Setzen Sie statt Mammon Satan, dann haben wir die andere Macht, Gottes großen Gegenspieler."

„Satan – lieber Pastor, ich glaube ebensowenig an einen Teufel. Man weiß von dem einen so wenig wie von dem andern."

„Der Teufel ist aber ebenso eine Realität wie Gott."

„Für Sie, mein Lieber."

„Wenn Sie auch die Bibel nicht zu Wort kommen lassen wollen, so ist Ihnen Goethe sicher ein Begriff. Im Faust sagt er: ‚Den Teufel spürt das Völkchen nie, und wenn er sie beim Kragen hätte.' Goethe hat also mit dem Teufel gerechnet."

„Ich weiß nicht, ob Goethe heute noch so sagen würde. Lassen wir es dabei. Von Goethe stammt wohl auch der Satz: ‚Der Worte sind genug gewechselt.'

Also zu einem andern Thema, wenn es Ihnen recht ist. Ich will Sie nicht dazu verführen, Ihre Perlen vor die Säue zu werfen."

„Mir ist nicht zum Scherzen zumute."

„Ich habe noch eine ganz ernsthafte Frage, Herr Körber, über die ich mit Ihnen vertraulich sprechen möchte: Wie stehen Ulrich und Ulrike zueinander?"

Körber dachte sofort an Frau Monheimius' Bemerkung: „Finden Sie nicht, daß Ulrich und Ulrike gut zueinander passen?" Er mußte einen Augenblick überlegen, was er antworten sollte, ohne unaufrichtig zu sein. Dann sagte er: „So freundschaftlich wie zwei Menschen, die berufliche Interessen teilen."

„Würden Sie Ulrich gern als Ihren Schwiegersohn sehen?"

„Hat sich Ihr Sohn dahingehend geäußert?"

„Das nicht. Meine Frau spielt mit dem Gedanken, Ulrike wäre die passende Frau für Ulrich. Ich hätte nichts dagegen einzuwenden."

Körber schüttelte den Kopf.

„Ich glaube über einige Menschenkenntnis zu verfügen, habe aber nicht den Eindruck, daß sich die beiden mit solchen Gedanken tragen. Ich wüßte auch nicht, wie sich Ulrike in Ihrem Milieu einordnen sollte. Sie ist viel zu schlicht –"

„Ich halte sie für anpassungsfähig genug. Sie ist ein liebenswerter Mensch. Ich mag sie sehr gern und würde sie sofort als Schwiegertochter akzeptieren.

Meine Frau liebt Ihre Tochter. Ich war überrascht, als ich hörte, Ris hat Ihrer Tochter das Zimmer unsrer kleinen Sabine zur Verfügung gestellt. Dieser Entschluß meiner Frau ist für mich symbolisch.

Sabines Kinderzimmer ist nämlich seit fünfundzwanzig Jahren tabu. Wieselchen allein durfte es betreten, um es sauber zu halten. Wenn jetzt Ulrike das Zimmer benutzt, heißt das für mich, daß meine Frau Ulrike sozusagen wie ihre Tochter ansieht."

„Ich fürchte, meine Tochter wird Ihre Frau enttäuschen."

„Sie hat Ihre Tochter eingeladen, um den jungen Leuten Gelegenheit zu näherem Kennenlernen zu geben. Immer wieder sagt sie mir, wieviel ihr daran liegt. Sie hat ihr Herz an Ulrike gehängt. Ich fürchte, es hat bei meiner Frau üble Folgen, wenn sich ihre diesbezüglichen Wünsche nicht erfüllen."

„Wenn ich das geahnt hätte! Zwei junge Menschen, die sich lieben und einander heiraten möchten, benehmen sich anders als die beiden. Eine solche Zuneigung läßt sich bei dem ständigen Beisammensein hier im Hause nicht verbergen."

„Das glaube ich auch. Ich habe auf den besonderen Wunsch meiner Frau das gegenseitige Du veranlaßt, aber damit nichts erreicht. Meine Frau wird sich mit den Tatsachen abfinden müssen. Doch wie wird sie das verkraften?"

„Sie fürchten –?"

Pastor Körber sah Monheimius voll Bestürzung an.

„Ja, ich befürchte das Schlimmste."

„Es wäre schrecklich, für mich und für Ulrike, wahrscheinlich auch für Ihren Sohn, von Ihnen ganz abgesehen."

Pastor Körber machte eine Pause. Er behielt den Gedanken für sich, der in ihm aufstieg: Das ist etwas, was du dir auch nicht kaufen kannst.

„Sie werden verstehen, Herr Monheimius, daß ich keinen Druck auf Ulrike ausüben kann, ebensowenig, wie Sie einen Druck auf Ihren Sohn ausüben werden. Beide sind mündig, erwachsene Menschen mit festen Vorstellungen vom Leben. Beide werden sich weigern, einem dritten zuliebe zu heiraten.

Wenn es beide wünschen, sage ich dazu natürlich nicht nein. Aber sie selber müssen wollen, müssen diese wichtige Lebensfrage selbst entscheiden. Glauben Sie, Ulrich würde aus Mitleid gegenüber seiner Mutter einen solchen Schritt tun und ohne Liebe heiraten? Ich glaube es nicht, soweit ich Ihren Sohn kenne."

„Sie haben recht. Ich habe meiner Frau wiederholt gesagt, sie solle sich die Sache aus dem Kopf schlagen. – Donnerstag, Freitag, noch zwei Tage. Ich fürchte, sie genügen nicht, um eine Entscheidung herbeizuführen. Notfalls muß ich Ris auf die Zukunft vertrösten."

„Haben Sie mit Ihrem Sohn darüber gesprochen?"

„Nur andeutungsweise. Es widerstrebt mir, ihn in dieser Sache zu beeinflussen."

„Ich werde Ulrike kein Wort davon sagen. Das müssen Sie mir zugestehen. Bei aller Wertschätzung, die ich für Ihren Sohn habe, in dieser Sache sind mir die Hände gebunden."

„Ich verstehe Sie vollkommen. Überlassen wir es den jungen Menschen und der Zukunft."

Und Gott, fügte Pastor Körber in Gedanken hinzu.

Monheimius war mit Ulrich und Ulrike davongefahren.

Vom Garten her kam der Duft frisch gemähten Grases. Das Rattern des Rasenmähers drang in Damaris' kleinen Salon, in den sie sich mit Pastor Körber zurückgezogen hatte.

Dieser Vormittag war für die Tagungsteilnehmer für Einkäufe frei gehalten worden, und Herr Körber sollte gegen Mittag von einem Amtsbruder mit dem Wagen abgeholt werden.

„Ich bin so froh, Sie einmal ungestört sprechen zu können", sagte Frau Monheimius.

„Ich habe in den Tagen nach meiner Krankenhausentlassung so viel zu verarbeiten gehabt, daß es beinahe über meine Kraft geht. Mit meinem Mann kann ich gerade über die Dinge nicht sprechen, die mich am meisten bewegen. Ulrichs Bekehrung weckt in mir längst Vergangenes und läßt es wieder lebendig werden."

Pastor Körber war ein guter Zuhörer. Er nickte schweigend, ohne Frau Monheimius anzusehen. Sie empfand diese Diskretion angenehm und ermutigend.

„Um Ihnen die Unruhe meines Herzens, in die mich Ulrichs Entscheidung gestürzt hat, verständlich zu machen, muß ich weit zurückgreifen.

Ich bin in einem Elternhaus aufgewachsen, in dem Gottes Wort zum täglichen Brot gehörte. Mein Vater las jeden Morgen eine kurze Andacht, und wir beteten gemeinsam. Ich begann mich schon sehr früh für die Mission zu interessieren, angeregt durch eine Zeitschrift, die ausführliche Berichte vom Missionsfeld brachte.

Meine Eltern freuten sich über meinen Wunsch, Missionarin zu werden, und förderten mich soviel wie möglich. Meine Schwester bewunderte und liebte mich sehr und stand gern zurück, denn ihre Begabung und Neigung lag auf einem anderen Gebiet. Es ist leider auch heute noch so, eine Tochter, die der Mutter im Hause zur Hand geht, und eine gute Suppe kochen und einen Braten richten kann, ist nicht so angesehen wie eine, die alle Klassenkameradinnen überflügelt und mit knapp achtzehn Jahren das Abitur mit Auszeichnung besteht.

Als ich zur Uni ging, war noch nicht entschieden, ob ich als Missionarin oder zugleich als Ärztin in den dunklen Erdteil, nach Lateinamerika oder nach China gehen sollte. China kam damals ebenso in Frage.

Esther bewunderte mich ohne Neid. Sie nahm mir die alltäglichen Arbeiten ab. Ich brauchte mir keinen Knopf selber anzunähen, sie putzte mir die Schuhe, wusch meine Blusen, bügelte Kragen und Krägelchen meiner Kleider, obwohl meine Mutter sagte, wenn ich irgendwo in der Wildnis leben würde, müßte ich das alles selber tun, und es wäre gut, wenn ich mich jetzt schon darin übte. Aber ich will nicht zu weit ausholen, obwohl es ein wenig zu meiner Beichte gehört.

Ich sah meinen Weg deutlich vor mir, da bekam ich ausgerechnet im Examenssemester die epidemische Gelbsucht. Ich lag drei Monate im Krankenhaus, und dann kam das vernichtende Urteil der Ärzte: Untauglich für die Tropen.

Ich war wie geschlagen. Ich haderte mit Gott und aller Welt. Diente all mein Streben nicht der Sache Gottes? Warum nahm mir Gott diese Aufgabe aus der Hand, die ich mir seit Jahren gestellt hatte? War es nicht mein Wunsch und Ziel, Gott lebenslang zu dienen?

Niemand konnte mich trösten, niemand mir helfen. Mein Vater saß an meinem Bett, betete mit mir und sagte, Gott habe viele Arbeitsfelder, auf denen ich ihm dienen könne. Er habe wahrscheinlich eine andere Aufgabe für mich.

Er predigte tauben Ohren.

Meine Mutter weinte und kam mit dem gleichen Argument: andere Aufgaben, vielleicht sogar bessere würden auf mich warten. Für mich gab es aber keine bessere Aufgabe als die Arbeit unter den Völkern, die noch nie von Gott und Jesus gehört hatten. Nach der Entlassung aus dem Krankenhaus wurde mir eine Kur in Bad Mergentheim verordnet. Obwohl ich keine Lust hatte, dorthin zu fahren, war ich froh, eine Zeitlang dem Elternhaus entfliehen zu können, wo man mit mir umging wie mit einem rohen Ei und immer wieder versuchte, mir eine andere Arbeit, eine andere geistliche Aufgabe schmackhaft zu machen. Mein Vater war sogar bereit, mir ein weiteres Studium zu ermöglichen, obgleich er finanziell gar nicht gut gestellt war. Esther wäre bereit gewesen, auf ihre eigene Weiterbildung zu meinen Gunsten zu verzichten.

Gleich am ersten Tag in Bad Mergentheim begegnete mir Eugen Monheimius. Bei ihm war es, wie er mir oft versichert hat, Liebe auf den ersten Blick. Von mir kann ich das nicht sagen. Ich war noch viel zu sehr verklemmt.

Am nächsten Tag ergab sich beim Kurkonzert das erste Gespräch. Ich hatte mich etwas entfernt vom Orchester auf eine Bank gesetzt. Da kam Eugen, verneigte sich und fragte, ob der Platz neben mir frei sei.

Ich nickte nur. Der junge, gut aussehende Mann war mir sympathisch, seine offensichtliche Hochachtung, die er mir entgegenbrachte, schmeichelte mir.

Er nahm Platz und sagte: ‚Man genießt die Musik mehr, wenn man nicht zu nahe beim Orchester sitzt.'

‚Darum sitze ich hier', antwortete ich. Später sagte mir mein Mann, sehr freundlich hätte das nicht geklungen. Dennoch kam es zu einem Gespräch. Das war der Anfang unserer Bekanntschaft.

Eugen verstand es, mir täglich zu begegnen, obwohl er am anderen Ende von Mergentheim in einem der vornehmsten Häuser logierte, während ich im Kurheim der Angestelltenversicherung wohnte. Ich sah keinen Grund, ihm auszuweichen, ja, es war mir bald sehr angenehm, einen guten Unterhalter zu haben.

Es dauerte nicht lange, da erzählte ich ihm von meinen zerschlagenen Zukunftsplänen. Meine Verbitterung blieb ihm nicht verborgen. Sehr taktvoll und behutsam stellte er Gottes Existenz in Frage. Ich könnte Ihnen, Herr Körber, nach all den Jahren die Argumente wiederholen, die Eugen damals ins Feld führte. Ich war in meinem Widerstand gegen Gott sehr empfänglich für seine Erklärungen. Was er sagte, war einleuchtend, und mit jedem Tag wurde mir wohler."

Frau Monheimius machte eine Pause. Sie war mit ihren Gedanken, mit ihrem ganzen Sein wieder bei jenen Tagen.

Pastor Körber konnte warten, konnte schweigen, bis sich seine Gastgeberin wieder auf seine Gegenwart besann.

„Anfangs, als Eugen seine Zweifel an einem barmherzigen, persönlichen Gott äußerte, vernahm ich noch die mahnende Stimme meines Herzens. Ich war mit dem Glauben an Gott und Jesus Christus groß geworden – was man so glauben nennt. Das streift man nicht ab wie ein altes Kleid. Aber bald erschien mir mein angelerntes Christentum so, und ich fragte mich, ob es sich lohne, dieses alte Kleid weiter zu tragen.

Nicht, daß ich um Eugens willen das Angelernte aufgab. Der Gedanke, Eugen habe Heiratsabsichten, erschien mir absurd. Wenn er mich abends in mein Quartier gebracht hatte, wurde mir bewußt, welche Kluft mich in jeder Beziehung von ihm trennte. Er hatte offensichtlich viel Geld, und wenn auch Standesunterschiede schon damals kein Ehehindernis waren, so widerstrebte es mir, einen reichen Mann zu angeln.

Doch seine Worte, seine logischen Erklärungen bezüglich allen Weltgeschehens, seine Schlußfolgerungen, daß alles auf Zufall oder bestenfalls Schicksal beruhe, fanden immer mehr Eingang in mein Fühlen und Denken.

Als meine Kur von vier auf sechs Wochen verlängert wurde, blieb auch er länger in Mergentheim.

Um es kurz zu machen, eines Tages vor der nahen Abreise sprach er von seiner Liebe zu mir und dem Wunsch, mich zu heiraten.

Ich möchte es gleich jetzt betonen: Ich habe die Ehe mit Eugen Monheimius nie zu bereuen gehabt."

Da Frau Monheimius wieder eine Pause machte, schaute Pastor Körber auf und fragte: „Hatten Sie auch sonst nichts zu bereuen?"

„Bitte, denken Sie nicht, ich hätte von heute auf morgen alles über Bord geworfen, was ich seit meiner Kindheit im Elternhaus gehört und gelernt hatte. Es geschah, wie ich schon sagte, auch nicht um meines Mannes willen. Es lag an meinem Widerstand gegenüber Gott, daß Eugen so leichtes Spiel mit mir hatte. Nicht, daß ich Gott geflucht hätte, aber ich bot ihm Trotz. Mein Stolz war verletzt. Alles in mir lehnte sich auf. Hatte ich nicht allen Fleiß aufgewandt, um Gott dienen zu können? Ich fühlte mich tief gedemütigt. Mein Vater hatte gesagt, ich solle mich unter Gottes Hand demütigen. Sie kennen den Bibelvers gewiß."

„Er steht in 1. Petrus 5, Vers 6: ‚So demütigt euch unter die gewaltige Hand Gottes, daß er euch erhöhe zu seiner Zeit.'"

„Ja, dieses Wort gab Vater mir mit, als ich zur Kur abreiste. Jedoch Eugens Erklärungen, sein Standpunkt kam meinem Aufbegehren entgegen. Er übte zwar keinen Druck auf mich aus, sondern versuchte nur, mich für seinen Standpunkt zu gewinnen. Einmal sagte er: ‚Ich toleriere jede andere Meinung, möchte Sie aber von dem Druck befreien, der auf Ihrer Seele lastet.'

Zwei Tage vor meiner Heimkehr gab ich ihm mein Jawort.

Können Sie das verstehen?"

„Ja, ich kann es sehr gut verstehen. Nach allem, was Sie mir erzählen, ist mir klar geworden, daß Sie zwar den Wunsch hatten, Missionarin zu werden, aber nicht, weil es Ihnen darum ging, Gott zu dienen und die Botschaft vom Kreuz in die Welt zu tragen. Ich weiß nicht, was Sie zum missionarischen Dienst trieb, ob es Ehrgeiz, Geltungsbedürfnis oder Abenteuerlust war. Eins aber ist mir nach Ihrem Bericht klar, es war Ihr Wunsch, es war Ihr Wille, und damit konnte Gott nichts anfangen."

„So sehen Sie das?" fragte Frau Monheimius

sichtlich erschrocken. Sie sagen mir da etwas ganz Neues. Darum also mußte es so kommen?"

„Ich glaube, das annehmen zu dürfen. Wenn es Ihnen ernstlich nur um den Willen Gottes gegangen wäre, hätten Sie sich seinem Willen ergeben, hätten Sie auf Gottes Führung gewartet, bis er Ihnen einen neuen Weg, einen anderen Dienst gezeigt hätte.

Aber bitte, erzählen Sie weiter. Was sagten Ihre Eltern zu der Verlobung?"

„Eugen kam ein paar Tage später und hielt formell bei meinen Eltern um meine Hand an.

Vater war entsetzt, als er hörte, wes Geistes Kind Eugen war. Mutter hatte bitterlich geweint. Meine Eltern beschworen mich, zu bedenken, was es heißt, als gläubiger Mensch einen Atheisten zu heiraten. Ich antwortete ihnen, ich sei kein gläubiger Mensch. Ich verschloß mich allen Bitten und Ermahnungen, weigerte mich, an der täglichen Andacht teilzunehmen, und lachte Esther aus, die mich jeden Abend – wir hatten ein gemeinsames Zimmer – von neuem bat, mit ihr zu beten.

Um es kurz zu machen, Eugen hat sofort das Aufgebot bestellt, und vier Wochen später haben wir geheiratet. Wir ließen uns nur standesamtlich trauen und reisten unmittelbar danach ab."

Pastor Körber saß vornübergebeugt, die Hände flach aneinander gelegt zwischen den Knien. Er sah auch jetzt Ris nicht an. Er hörte ihr leises Weinen und regte sich nicht.

Nach einer langen Pause fuhr sie fort: „Am

Abend vor der Trauung hatte meine Mutter gesagt: ‚Wohin du auch gehst, ich werde nie aufhören, für dich zu beten.' Darauf sagte mein Vater, ich weiß es, als ob es gestern gewesen wäre: ‚Unsere Gebete werden dich verfolgen dein Leben lang.'

Ich sehe sein Gesicht vor mir: Es war von einem erschreckenden Ernst gezeichnet, ich möchte sagen, es war wie zerrissen. Und doch hätte er gerade das Wort nicht sagen sollen, das schreckliche Wort: ‚verfolgen'.

Damals reizte es nur meinen Widerstand. Aber seitdem Ulrich mir von seiner Bekehrung erzählt hat, weiß ich, daß mich meines Vaters Gebete in Wahrheit verfolgt haben.

Eugens ständiger Einfluß überwucherte alles, was meine Eltern gepflanzt hatten. Seine Liebe, sein Verständnis waren mir Entschädigung für das verlorene Elternhaus, und darin war Esther eingeschlossen. Erst am Grabe meiner Eltern, die ein paar Jahre später kurz hintereinander starben, nahm ich die Verbindung mit meiner Schwester wieder auf. Ich machte zur Bedingung, daß sie nicht versuchen sollte, mich zu bekehren."

„Wo lebt Ihre Schwester jetzt?"

„Nur zwei Straßen weiter, zehn Minuten von uns entfernt. Durch den Tod meiner kleinen Sabine – ach, das ist eine lange Geschichte, die ich Ihnen vielleicht auch noch erzähle."

„Einen Teil davon habe ich bereits von Herrn Monheimius gehört."

„Neulich abends bei unserm Spaziergang?"

„Ja, aber bitte erzählen Sie weiter."

„Es gibt wohl wenige so harmonische Ehen wie die unsere. An meinem Mann kann sich mancher Christ ein Beispiel nehmen. Er hat mir alles geboten, was ein Mann seiner Frau bieten kann. Er versagte mir keinen Wunsch. Reisen, Gesellschaften, schöne Kleider, Schmuck, all diese äußeren Dinge, aber nicht nur das, vor allem seine große Geduld. In all den Jahren meiner Krankheit war er immer sehr liebevoll und nahm auf mich Rücksicht, auch wenn ich wieder zu Hause war. Er liebt mich heute noch wie am ersten Tage – was sage ich da, er liebt mich noch mehr.

Und doch, manchmal, wenn ich nach einem übermütigen Karnevalstrubel aus wirren Träumen erwachte, glaubte ich die Stimme meines Vaters zu hören: ‚Kannst du dich wirklich wohlfühlen unter Menschen, die Gott lästern?' Karneval war für ihn eine Gotteslästerung."

„Damit hatte er recht. Karneval fällt vor den Beginn der Passionszeit, einer Zeit, die schon sehr früh in der Christenheit dem Fasten und Beten und der inneren Einkehr vorbehalten war. Die Wochen und vor allem die Tage unmittelbar davor dazu benutzen, sich einmal auszutoben, das heißt auch in meinen Augen, die Sünde leicht nehmen."

Frau Monheimius dachte eine Weile über diese Worte nach und fuhr dann mit einem Seufzer fort: „Ach, ich war immer mittendrin im gesellschaftlichen Trubel. Es war mir zwar unangenehm, wenn ein Tanzpartner mich fester an sich drückte, als es schicklich war und mir ins Ohr flüsterte, ich sei eine schöne Frau. Davon erzählte ich nie meinem Mann. Ich wußte nicht, wie er darauf reagieren würde.

Wenn ich mich über Witze ärgerte, die mich verletzten, weil sie biblische Aussagen verspotteten – ja, das verletzte mich noch lange Zeit –, dann beruhigte mich mein Mann und sagte, ich solle das nicht tragisch nehmen, denn niemand hätte sich dabei etwas gedacht."

„Ja, das ist das Schlimme, daß solche Witze erzählt werden, ohne daß man sich dabei etwas denkt."

„Es ist verheerend, wie schnell man sich an solche Dinge gewöhnt. So lebte ich das oberflächliche, vergnügliche Leben an Eugens Seite. Ulrich wurde im zweiten Jahr unserer Ehe geboren, und es blieb nur noch der Wunsch nach einem Mädelchen, das mein Mann ebenso ersehnte wie ich.

Dann kam der Krieg. Trubel und Übermut hörten auf. Als die ersten Bomben auf unsere Stadt fielen, hatten wir andere Sorgen als fröhliche Feste und Reisen.

Im Juni 1941 wurde unsere Sabine geboren, und dann traf uns im Dezember 1943 der furchtbare Schlag, der Verlust dieses entzückenden Kindes, das wir sechs Jahre lang ersehnt hatten."

Erschütterndes Schluchzen unterbrach das Gespräch.

Und wieder wartete Pastor Körber schweigend, bis Damaris sich beruhigt hatte und die Tränen trocknete.

„Wissen Sie, daß unser Kind in der Nacht ums Leben kam, als meine Schwester ein Mädchen bekam?"

„Herr Monheimius hat es mir erzählt."

„Schuldkomplex, sagen die Ärzte in allen Kliniken. Ja, ich fühle mich schuldig. Ich hätte das Kind zu Hause lassen oder nicht zu meiner Schwester reisen sollen. Ich wollte weder das eine noch das andere. Ich wollte Esther nicht im Stich lassen, mich aber auch nicht von meinem Kind trennen.

Mein Mann sagt, es sei eine unglückliche Verkettung der Umstände. Das Urteil der Ärzte, ich sei schuldlos schuldig geworden, gab mir keinen bleibenden Trost, war mir keine wirkliche Hilfe, so sehr ich auch versuchte, mir diese Auffassung zu eigen zu machen.

Vorgestern abend auf unserm Spaziergang, als Ulrich sagte: ‚Ich erkannte, daß ich ein von Gott Abgesonderter, ein Sünder bin', da durchfuhr es mich wie ein Blitz. Auch ich bin von Gott abgesondert, bin ein Sünder.

Schuldlos schuldig? Daß ich nicht lache! Ist es nicht erstaunlich, wie treffend unsere Dichter solche Wahrheiten aussprechen? Ich denke da an das Wort: ‚Das eben ist der Fluch der bösen Tat, daß sie fortzeugend immer Böses muß gebären.' Aus meiner bösen Tat, mich von Gott und meinen Eltern abzuwenden, ist alle andere Schuld geboren.

Ich bin schuldig geworden an meinem Mann, schuldig an meinen Kindern, an Ulrich, der unter meinen Anfällen zu leiden hat, ach, und die große Schuld meiner Schwester gegenüber, der ich den Platz in unserm Haus verweigert habe! Lieber wollte ich Fremde im Haus dulden, als ständig Esther mit ihrem Kind vor Augen zu haben. Schuld und Leid, Herr Körber, aber mit allem Leid, das ich zu tragen hatte und für den Rest meines Lebens tragen muß, ist die Schuld meines Lebens nicht gesühnt."

„Nein, wir können unsere Schuld auch durch das tiefste Leid nicht sühnen. Darum hat Jesus Christus für uns gesühnt, wie es in Jesaja 53 heißt: ‚Er ist um unsrer Sünde willen zerschlagen, die Strafe liegt auf ihm, auf daß wir Frieden hätten, und durch seine Wunden sind wir geheilt.' Das haben Sie gewiß in Ihrem Elternhaus gehört. Erinnern Sie sich?"

„Frieden, d a s ist es, was mir fehlt. Jetzt, da Sie es aussprechen, weiß ich es. Kein Frieden, das ist meine Krankheit!"

In diesem Augenblick klopfte es.

Wieselchen meldete: „Ein Herr ist draußen, er möchte den Herrn Pastor abholen."

Herr Körber erhob sich zögernd.

„Es tut mir leid . . ."

Damaris nickte.

„Ich weiß, Sie müssen gehen – schade! Aber Sie

sind ja morgen noch da. Vielleicht haben wir dann Gelegenheit –"

Sie begleitete den Pastor zur Tür und kehrte danach in ihr Zimmer zurück.

Einen Augenblick stand sie wie versteinert, dann schlug sie beide Hände vors Gesicht.

„O Gott", stöhnte sie, „o Gott . . ."

Da lag sie auch schon auf den Knien und schluchzte: „O Gott, Herr Jesu, erbarm dich meiner! Erbarm dich meiner!"

Ulrich hatte seinen Vater in Köln vor dem Eingang des Konzerns abgesetzt, suchte einen Parkplatz und führte Ulrike in den Dom. Ulrike schritt andächtig zwischen den hohen Säulen des Mittelschiffs dahin, legte den Kopf in den Nacken und sah zu dem hohen Gewölbe hinauf.

„Wunderbar, was Menschengeist und Menschenhände zu schaffen vermögen! Sieh nur, wieviel Schönheit aus dem Stein herausgemeißelt ist."

Sie sprachen nur leise miteinander und machten sich auf die eine oder andere Besonderheit aufmerksam.

Ulrich meinte: „Ob der Baumeister, der diesen Bau entworfen hat, in erster Linie an Gottes Ehre gedacht hat, als er dieses Gotteshaus schuf? Mag da nicht viel Ehrgeiz mit unterlaufen sein und der Wunsch, sich selber zu verewigen?"

„Nehmen wir an, er hat in erster Linie an Gottes Ehre gedacht."

„Du neigst dazu, alles positiv zu sehen."

„Nicht alles, Ulrich, aber wo es eben möglich und denkbar ist, setze ich das Gute voraus, jedenfalls den guten Willen. Gott hat eine vollkommene Welt geschaffen, hat den vollkommenen Menschen gewollt. Hier und da muß davon noch ein Restchen zu finden sein."

„Früher habe ich über solche Dinge nicht nachgedacht. Jetzt macht mir vieles zu schaffen, was ich früher als gegeben hingenommen habe. Warum, so frage ich mich heute, muß es Kranke geben, Schwache, Geistesgestörte, Krüppel? Warum gibt es Hunger, Elend, Krieg, Erdbeben und Naturkatastrophen aller Art? Warum werden in den Entwicklungsländern Kinder geboren, um zu verhungern? Das alles sind Argumente, die mein Vater gegen Gott anführt, womit er ihn als nicht existent abtut, weil ein Gott da eingreifen oder es von vornherein verhindern müßte."

„O Ulrich, zweifelst du noch immer? Unterliegst du zu Hause so sehr der Meinung deines Vaters?"

„Vielleicht unbewußt. Ich weiß nicht, wie es werden soll, wenn du mit deinem Vater abgereist bist. Ich brauche eine geistliche Stütze, einen Menschen, der mich versteht und mit mir gleichen Sinnes ist.

Tante Esther könnte mir eine Hilfe sein. Wie aber wird Mama sich verhalten, wenn sie dahinterkommt, daß ich die Beziehungen zu ihrer Schwester pflege? Wir, mein Vater und ich, haben zu ihr all die Jahre hindurch die Verbindung heimlich aufrecht erhalten. Meine Mutter weiß nichts davon. Ich muß also heimlich mit Tante Esther verkehren."

„Ich werde meine Eltern bitten, für dich zu beten und werde es selbst auch tun."

„Schön; aber beten allein? Glaubst du, das könnte mir helfen?"

„Ja, beten allein kann dir helfen, denn was könnten wir sonst für dich tun?"

„Ich komme mir vor wie ein schwankendes Rohr."

„Das ist beinahe ein biblischer Vergleich. Irgendwo steht geschrieben: Das zerstoßene Rohr wird er nicht zerbrechen und den glimmenden Docht nicht auslöschen. Gott wird dir andere Hilfen senden, wenn wir abgereist sind. Lies vor allem täglich Gottes Wort, das ist neben dem Gebet die beste Hilfe."

„Man braucht aber auch das Gespräch mit Gleichgesinnten, man braucht den Zusammenhalt durch die Gemeinde und die Unterweisung durch die Predigt. Wie soll ich das alles hier verwirklichen? Gut, wenn ich mich hier selbständig mache, was Mutter so sehr wünscht, könnte ich darauf bestehen, meine eigene Wohnung neben der Praxis einzurichten, damit ich freier und meiner Mutter nicht über jeden Schritt Rechenschaft schuldig bin."

„Das kann deine Mutter doch nicht verlangen."

„Was heißt verlangen. Man muß mit ihr sehr vorsichtig umgehen. In bezug auf meinen Glauben bin ich noch so unsicher. Ich habe viele Fragen und sehne mich nach ständigem Austausch der Gedanken. Der Wunsch, mit gläubigen Menschen zusammenzuarbeiten, ist der Vater des Gedankens, Johannesburg sei der Platz, der mir von Gott angewiesen ist."

Sie traten hinaus auf den belebten Vorplatz vor dem Dom. Eine Weile gingen sie schweigend nebeneinander her, jeder mit seinen Gedanken beschäftigt.

Schließlich sagte Ulrich und steuerte offensichtlich ein bestimmtes Ziel an: „Köln hat viele alte Kirchen. Ich möchte dir aber erst einmal die neuesten Ausgrabungen zeigen, die vom Leben der Römer in den ersten Jahrhunderten nach Christus zeugen. Ich weiß nicht, was du verkraften kannst. Sag' mir also bitte, wenn du vom Herumlaufen und Besichtigen genug hast."

Ulrike konnte allerhand verkraften, und Ulrich freute sich, eine so aufmerksame und interessierte Begleiterin zu haben. Zum Mittagessen führte er Ulrike in den Gürzenich. Danach ging er auf ihren Wunsch ein, irgendwo im Walde spazieren zu gehen. Sie fuhren zum Stadtwald hinaus, der um diese frühe Nachmittagsstunde nicht sehr bevölkert war.

„Ich liebe den Wald so sehr", sagte Ulrike, „auch wenn es ein geordneter ist wie dieser. Am liebsten wandere ich in großen Wäldern mit viel Unterholz und wilden Himbeer- und Brombeerbüschen und schmalen Pfaden."

„Den kann ich dir hier allerdings nicht bieten."

Plötzlich fiel Ulrike ein, daß Frau Monheimius allein zu Hause war.

„Sorg dich nicht um sie! Sie ist häufig allein zu Hause und muß sich mit Wieselchen begnügen."

„Deine Mutter hängt sehr an mir. Das spüre ich deutlich, und es tut mir leid, sie zu enttäuschen und übermorgen abreisen zu müssen. Andererseits ... nun, du weißt."

„Deine merkwürdigen Vorstellungen? So schlimm, wie du meinst, kann es mit dir nicht sein, Ulrike. Du bist so leicht abzulenken. Das wäre bei einer ernstlichen Erkrankung nicht der Fall. Denke darüber nicht zuviel nach, lache darüber! Versprich mir, mich sofort zu informieren, falls sich diese Symptome in der Schweiz wiederholen sollten, was ich nicht glaube."

Sie tranken in einem Pavillon noch eine Tasse Kaffee und kehrten dann zum Wagen zurück, um nach Hause zu fahren.

Frau Monheimius hatte die jungen Leute noch nicht erwartet. Sie kam herbeigeeilt, als sie die Haustür gehen hörte und begrüßte sie hocherfreut.

„Schon zurück? Wie schön, daß ihr da seid! Ich dachte, ihr würdet den schönen Tag länger ausnutzen."

Ulrich spürte sofort die Veränderung im Wesen der Mutter.

„Du bist so froh, Mama! Macht das unser zeitiges Heimkommen?"

„Ja, auch das. Aber kommt, setzen wir uns nach draußen. Ich habe – ich muß, o Ulrich, Schwester Ulrike, ich glaube, ich bin nun ganz gesund!"

„Das – wäre – beinahe – ein –"

Ulrich brachte das Wort ‚Wunder' nicht über die Lippen.

Sie ergriff mit der Rechten Ulrichs, mit der Linken Ulrikes Hand.

„Endlich, endlich habe ich Frieden gefunden. Ich hatte eine Aussprache mit Ihrem Vater, Schwester Ulrike. Ich habe ihm alles erzählt, von meiner Kindheit und meiner Jugend, von meinem Elternhaus, und das Wichtigste, von meiner Untreue Gott gegenüber. Es war wie eine Lebensbeichte."

Ulrich sagte, völlig fassungslos: „Beichte, Lebensbeichte? Warum hast du in all den Jahren nie zu einem Psychiater darüber gesprochen? Du hast nur von deiner glücklichen Ehe erzählt, von deiner sorglosen Jugend. Wie oft habe ich dich gefragt, was früher war, vor Sabines Tod, vor deiner Heirat. Nach deinen Aussagen war da alles in Ordnung."

„Ich konnte zu niemand davon sprechen. Da war eine Grenze, die ich nicht zu überwinden vermochte. Ich konnte höchstens von der Schuld sprechen, die ich dir und Papa und meiner guten Esther gegenüber empfand. Was aber damals geschah, meine Schuld Gott gegenüber – das war eine andere Art von Schuld."

„Schuld Menschen gegenüber, Schuld gegenüber Gott – wo ist da der Unterschied, Mama?"

„Ich verstehe deine Mutter, Ulrich", sagte Ulrike. „Bei einem Menschen kann ich mich ent-schuldigen und so mit ihm ins reine kommen. Gegen Gott sündigen, das heißt, ihm nicht die Ehre geben, die ihm gebührt, das heißt, ohne ihn leben."

„Ja, Ulrike, das habe ich, ohne es je aussprechen zu können, mein Leben lang im tiefsten Herzen gewußt. Ich habe mich gewehrt, Gott den Platz in meinem Herzen einzuräumen, der ihm gebührt. Nie konnte ich ganz aus meinem Herzen reißen, was in der Kindheit von meinen gläubigen Eltern gepflanzt worden war."

„Aber das hättest du den Ärzten sagen sollen, Mama!"

„Ich sage dir doch, das konnte ich nicht. Seit Montagabend, als du mir von deiner Taufe erzähltest, brach alles in mir auf, und ich wußte mit einem Mal, wodurch meine Krankheit entstand. Sabine, ja – aber die eigentliche Ursache liegt viel weiter zurück. Die Gebete meiner Eltern, die Gebete meiner Schwester ... Mein Aufbegehren gegen Gott, damals, als sich meine Wünsche nicht erfüllten, das war meine große Schuld. Gottes Mühlen mahlen langsam. Seine Hand war immer über mir, die Gebete meiner Eltern, die Gebete meiner Schwester sorgten dafür."

„Ich kann dir nicht ganz folgen, Mama."

„Aber es ist doch dasselbe wie bei dir, Ulrich. Deine Mutter hat sich Gott ausgeliefert."

„Das ist das richtige Wort, Schwester Ulrike.

Als ich ganz ratlos und verzweifelt allein blieb, weil Ihr Vater das Gespräch abbrechen mußte, warf ich mich auf die Knie. Da fiel mir ein Lied ein, das ich als Kind gelernt und das wir oft gesungen hatten:

Ich darf's glauben und wissen,
meine Schuld ist gedeckt,
und die Handschrift zerrissen,
die mich lange geschreckt.

Ich war noch sehr klein, als ich meinen Vater fragte, was das bedeutet: Handschrift zerrissen. Er hat es mir erklärt im Vergleich mit einem Schuldschein. Dieses Lied und Vaters Erklärung fielen mir ein. Da begriff ich's: Ja, so ist es, Jesus hat meine Schuld gedeckt. Die Handschrift, der Schuldschein, ist zerrissen."

„Mama, das ist einfach nicht zu fassen!"

Frau Monheimius begann nun, von ihrem Elternhaus zu erzählen, von ihrer Kindheit und Jugend, von ihren Wünschen und Plänen. Nicht so ausführlich wie am Vormittag, aber sie holte jetzt das Wesentliche hervor.

„Ich hatte von frühester Kindheit an von Gott und Jesus gehört, ich kannte die Bibel und glaubte, wie man eben etwas für wahr hält, zum Beispiel, daß die Erde rund ist.

Nach der großen Enttäuschung hielt dieses Fürwahr-Halten nicht stand, und so war es für Papa ein Leichtes, mich für seine Auffassung zu gewinnen. Es war so bequem, nicht mehr an Gott erinnert zu werden. Erst als Gott mir mein Kind nahm, kam ich für einen Augenblick zur Besinnung. Ich hatte jedoch Übung darin, Gott beiseite zu schieben. Aber bald war die bohrende Unruhe wieder da. Ich klammerte mich an Papa, aber er konnte mir nicht helfen, oder nur zeitweise. Du weißt, mein Sohn, wie ich gelitten habe."

„Das also war deine Krankheit! Das waren deine Anfälle! Da ist die Psychiatrie also doch auf dem richtigen Wege. Man muß bis ins Innerste eines Menschen vorzudringen suchen, wenn man ihm helfen will."

„Bei mir hat die Psychologie versagt."

„Weil du über diese Dinge geschwiegen hast, Mama."

„Ich konnte darüber nicht sprechen."

„Die Aussprache mit meinem Vater, die Sie eine Lebensbeichte nennen, ist etwas anderes, als das Preisgeben der Gedanken und Empfindungen einem Psychologen gegenüber", sagte Schwester Ulrike.

„Das heißt, der Wissenschaft ein Armutszeugnis ausstellen."

„Bis zu einem gewissen Grade, ja, Ulrich."

Frau Monheimius sprang auf, lachte und sagte: „Entschuldigt bitte, Kinder, ihr wart lange unterwegs und habt gewiß Hunger und Durst. Wieselchen hat frei. Ich hole euch schnell eine Kleinigkeit aus der Küche."

Ulrike wollte helfen, aber Frau Monheimius wehrte ab. Ulrich nutzte die Gelegenheit, Ulrike gegenüber seine Bedenken zu äußern.

„Es wird sich in Zukunft zeigen, was Mamas Beichte bewirkt. Man kann das nicht nach ihrem gegenwärtigen Zustand beurteilen."

„Ich bin überzeugt, daß deine Mutter gesund ist. Spürst du nicht die grundlegende Veränderung ihres ganzen Wesens?"

„Verzeih, wenn ich als Arzt doch ein wenig zweifle. Nichts würde mich glücklicher machen als Mamas völlige Genesung, aber ich kann daran einfach noch nicht glauben. Warten wir die nächste seelische Belastung ab. Du wirst sie kaum erleben, aber ich werde dir darüber schreiben."

„Da kann ich nur ausrufen: O du Kleingläubiger, warum zweifelst du?"

„Ulrike, begreifst du nicht, daß ich erst lernen muß, Gott ganz zu vertrauen? Muß ich dir immer wieder sagen, wie schwer es mir wird, hinzunehmen, was ich nicht verstehe? Mir kommt der Verstand dazwischen, ob ich will oder nicht."

„Jaja, da ist Gottes Gegenspieler am Werk", erwiderte Ulrike.

„Gottes Gegenspieler?"

„So nennt mein Vater den Teufel, der es darauf anlegt, einen Menschen, der sich Gott ausgeliefert hat, zurückzugewinnen."

„Siehst du, auch das ist mir etwas Neues. Aber d a s leuchtet mir ein."

Frau Monheimius kam mit einem Tablett, die beiden jungen Leute legten Hand an, und man widmete sich munter der Mahlzeit.

An diesem Abend wurde Pastor Körber erst

spät erwartet. Er hatte angerufen, die Tagung sei so glatt verlaufen und daher für heute schon der Abschluß vorgesehen. Man wolle noch zu einer gemütlichen Abschiedsfeier beisammenbleiben. Ein Amtsbruder, der noch am gleichen Abend abreisen wolle, würde ihn auf dem Rückweg im Hause Monheimius absetzen.

So saßen die drei Menschen noch plaudernd auf der Terrasse, als Eugen Monheimius nach 22 Uhr heimkam.

Ulrich merkte sofort, daß sein Vater zuviel getrunken hatte. Monheimius trank in fröhlicher Gesellschaft gerne Wein. Dennoch hatte Ulrich sehr selten erlebt, daß sein Vater nicht mehr ganz nüchtern zu nennen war.

Frau Monheimius achtete nicht auf ihres Mannes stark angeheiterten Zustand. Sie war zu sehr mit ihrem eigenen Erleben beschäftigt. Sie streckte ihm die Hand entgegen, ein strahlendes Lächeln im Gesicht.

„Du scheinst dich gut unterhalten zu haben", sagte er.

„Mehr noch, Schatz, viel mehr! Ich habe etwas Entscheidendes erlebt, etwas, das mein ganzes Leben verändert und wieder in normale Bahnen lenkt."

Ulrich erschrak.

Jetzt war der ungünstigste Augenblick für das Geständnis seiner Mutter.

Er schnitt ihr das Wort ab.

„Mama hat eine Aussprache mit Herrn Körber

gehabt und sich, was wir schon lange wünschen, alles von der Seele geredet."

Der Vater unterbrach den Sohn.

„Ich meine, Mama hat in all den Jahren in den verschiedenen exklusiven Sanatorien Gelegenheit genug gehabt, sich alles von der Seele zu reden. Wieso braucht sie dazu mit einem Male einen Pastor?"

Frau Monheimius sah ein, wie töricht es gewesen war, ihren Mann mit dieser Erklärung zu überfallen. Wenn er je einmal nicht ganz nüchtern nach Hause gekommen war, hatte sie es schweigend hingenommen und sich still zurückgezogen. Das Gesagte war nicht mehr zurückzunehmen.

Ulrich machte noch einen Versuch, Schlimmeres zu verhüten. „Ich denke, wir wollen morgen darüber reden."

„Morgen? Warum morgen? Was ist überhaupt darüber zu sagen?" Er wandte sich an seine Frau. „Wissen möchte ich nur, und möglichst sofort, was du ausgerechnet mit einem Pastor zu reden hattest und wieso das dein Leben verändert. In normale Bahnen, ja, das wäre nötig, ein für alle Mal. Einmal, das hast du hoffentlich nicht vergessen, habe ich dein Leben verändert und in normale Bahnen gelenkt. Du bist nicht schlecht dabei gefahren. Jetzt fehlt nur noch, daß du dort wieder anfängst, wo du bei unserer Heirat aufgehört hast, daß du fromm geworden bist – wie dein Sohn."

Ulrich antwortete, ehe sich seine Mutter besonnen hatte. „Ich bitte dich, Papa, weitere Erörterungen für morgen aufzuheben."

Auf Monheimius Stirn schwoll die Ader. Sein gerötetes Gesicht wurde dunkel vor Zorn, und sein Lachen barst vor Spott und Hohn. „Aha, es geht also wirklich darum! Seid ihr denn alle verrückt geworden? Fängst du wirklich nach dreißigjähriger Ehe wieder da an, wo du standest, als du dich bei mir über den Gott beklagtest, der dich so sehr enttäuscht hatte? Sehr fest saß dieser Glaube an Gott allerdings nicht, denn ich konnte ihn dir schnell austreiben."

Damaris' Augen schwammen in Tränen.

„Du hast recht, Eugen . . ."

Monheimius war nicht zu unterbrechen.

„Gott? Nicht einmal Menschlichkeit hast du gehabt. Ja, wenn alles nach deinen Wünschen ging, dann warst du das charmanteste Wesen, der liebenswürdigste Mensch. Aber wenn es andersherum kam . . . Als Esther, deine geliebte Schwester, die alles für dich getan hat, wie du mir selber versichert hast – als sie ohne Dach über dem Kopf nicht wußte, wohin mit ihrem Kind, da hast du geschrien: ‚Niemals in unser Haus, ich ertrage es nicht!' Du dachtest nur an dich und deinen Kummer. Es hat dich nicht berührt, was sie gelitten, was sie verloren hatte. Als ob Esther am Tode unserer Sabine schuld gewesen wäre! Hast du danach gefragt, was ich in jenen schrecklichen Tagen empfunden habe? Ich hatte unser verstümmeltes Kind in den Sarg gelegt – Warum nur habe ich

Narr nachgegeben und dich mit dem Kind reisen lassen! Auch ich habe mein Teil zu tragen gehabt, meine teure Gattin. Aber ich hatte Menschlichkeit genug, um mich deiner armen Schwester anzunehmen. Weißt du, warum sie sich dir nie genähert hat? Ich habe ihr damals geschrieben, du seiest krank, sie solle mir ins Büro schreiben. Wer weiß, was aus ihr und dem vaterlosen Kind geworden wäre, wenn ich mich nicht um sie gekümmert hätte. Du hast nie etwas entbehren müssen, du bist immer satt geworden. Deine Schwester hatte keinen mehr, der für sie gesorgt hätte. Ich habe ihr, solange sie evakuiert war, Butter und Wurst geschickt und Milchpulver für das Kind. Auch habe ich dafür gesorgt, daß sie eine Bleibe bekam. Um das alles zu tun, brauchte ich keinen Gott.

Bis zum heutigen Tag darf deine Schwester die Schwelle unseres Hauses nicht überschreiten, wenn du im Hause bist, weil ich Angst habe, du könntest bei ihrem Anblick wieder überschnappen. Hast du das alles vergessen? Die Wochen und Monate in Lindau und Freiburg, in Bonn und Ilten und Ahrweiler und Königstein? Genügt die Aussprache mit einem Pastor, um dich so siegessicher sagen zu lassen: ‚Ich habe etwas erlebt, was mein Leben in normale Bahnen lenkt?'"

Er lachte laut auf und lief auf der Terrasse erregt hin und her.

Frau Monheimius, leise weinend, sagte mit erstickter Stimme: „Vergib, Eugen, du hast recht!"

„Ich habe dir nichts zu vergeben, was nicht längst vergeben ist. Aber zu deiner Schwester solltest du auf den Knien rutschen und sie um Vergebung bitten."

„Eugen, Liebster, bitte, höre mich an!"

„Nein, ich höre dich nicht an! Ich will nichts hören von den Dingen, die euch im Kopf herumspuken. Ich habe genug von alledem. Macht, was ihr wollt. Wenn es euch glücklich macht, lauft in die Kirche, soviel ihr wollt; betet, soviel ihr wollt; lernt meinetwegen die ganze Bibel auswendig! Mich aber verschont mit euren Verwandlungen oder wie ihr es zu nennen beliebt."

Er lief davon. Dann hörten sie die Tür ins Schloß knallen. Wie erstarrt blieben die drei zurück.

Keiner sagte ein Wort.

Ulrike schluckte an ihren Tränen, die Hände im Schoß gefaltet, unfähig zu beten.

Ulrich wartete auf den Schrei, der einen neuen Nervenanfall seiner Mutter ankündigen würde.

Der Schrei kam nicht!

Die Mutter weinte leise. Sie fand zuerst ein Wort.

„Papa hat recht. Es ist schrecklich, wie recht er hat. Ich habe mich schwer an Esther versündigt. Er hat sich um sie gekümmert, und ich? Wie soll ich ihr nach all den Jahren begegnen? Ich kann nicht erwarten, daß sie mich mit offenen Armen aufnimmt. Und doch muß ich zu ihr. Hast du gewußt, Ulrich, daß Papa ihr geholfen hat?"

Ulrich nickte.

„Wir haben die Verbindung mit ihr aufrecht erhalten. Sie hat hier im Hause nach dem Rechten gesehen, wenn du in der Klinik warst und Wiesel Urlaub hatte. Wir wagten nie, es dir zu sagen."

Frau Monheimius nickte.

„Das sieht Esther ähnlich. Vielleicht könntest du zu ihr gehen und sie auf meinen Besuch vorbereiten?"

„Gut, das wäre zu überlegen. Jedenfalls wird auch diese Sache in Ordnung kommen. Für heute sollten wir es genug sein lassen. Es ist spät geworden. Geh schlafen, Mama! Auch für Ulrike wird es Zeit."

„Wir müssen auf meinen Vater warten."

„Ich werde das tun. Bitte, geh jetzt zu Bett, Ulrike!"

Er sah sie ernst und durchdringend an. Sie verstand.

Frau Monheimius erhob sich.

„Gute Nacht, mein Sohn, ich bin todmüde."

Die beiden Frauen zogen sich zurück.

Es ging auf Mitternacht zu, als draußen der Wagen hielt. Ulrich eilte zur Tür und öffnete.

„Es ist später geworden, als ich dachte", entschuldigte sich Herr Körber. „Sie sind natürlich nur meinetwegen aufgeblieben."

„Hatten Sie einen guten Abschluß?" fragte Ulrich und nötigte den Gast mit einer Handbewegung, Platz zu nehmen.

„Es war alles in allem ein gutes und erfreuliches

Beisammensein in diesen Tagen. Alle organisatorischen Probleme und alle sachlichen Fragen bezüglich unserer Arbeit liefen glatt über die Bühne. Trotz einiger Meinungsverschiedenheiten fanden wir in allem den Weg zueinander. Das kommt daher, weil wir in der gleichen Richtung marschieren und den Wunsch haben, im Sinne Jesu zu handeln. Es ist etwas anderes, ob man resignierend zu Kompromissen bereit ist, oder ob man sich wirklich einigt, verstehen Sie?"

Ulrich nickte.

„Wenn Sie nicht zu müde sind", begann er, und gleich fiel ihm der Pastor ins Wort: „Nein, gewiß nicht. Sie haben etwas Besonderes auf dem Herzen?"

„Darf ich Ihnen erst eine Erfrischung bringen?"

„Nein, nein! Reden Sie. Sie sind so ernst. Was hat sich ereignet?"

„Meine Mutter hat uns von der Aussprache erzählt, die sie mit Ihnen hatte", begann Ulrich und berichtete ausführlich, auch von dem Zornesausbruch seines Vaters.

„Es war furchtbar. Ich erwartete jeden Augenblick die übliche Reaktion bei meiner Mutter, jenen hysterischen Schrei. Nichts geschah. Sie weinte, wie jede andere Frau in diesem Falle geweint hätte. Mein Vater war in seinen Vorwürfen rücksichtslos und brutal, was natürlich milde gesagt, seinem angeheiterten Zustand zuzuschreiben ist. Ich wagte nicht, ihn zu unterbrechen. Es wäre bestimmt nur noch schlimmer geworden. Er war außer sich. Um so erstaunlicher fand ich das Verhalten meiner Mutter. Ich glaube wirklich, sie ist durch das Gespräch mit Ihnen völlig gesund geworden.

Auf der einen Seite bestätigt das, wie richtig die Behandlung in psychiatrischen Kliniken ist, die den Kranken durch eine Aussprache von seinen verborgenen Komplexen zu befreien sucht. Das gilt natürlich nicht für alle geistigen Erkrankungen.

Sie müssen verstehen, Herr Körber, daß ich das zunächst vom medizinischen Standpunkt aus beurteile. Meine Mutter hat immer nur von ihrer Schuld gegenüber meinem Vater gesprochen, wohl auch von der Schuld an Sabines Tod und einer gewissen Schuld mir gegenüber, der ich unter den Verhältnissen zu leiden hatte.

Vor der Entlassung meiner Mutter aus der Klinik habe ich mit dem Professor gesprochen. Er hatte den Eindruck, Mutter hielte mit etwas zurück. Kein Medikament, keine psychische Beeinflussung habe das aus ihr herausholen können. Er sagte, solange sie sich nicht völlig offenbare, gäbe es keine endgültige Heilung.

Nun hat sie Ihnen alles gebeichtet und ist gesund.

Ist sie wirklich gesund? Geheilt für alle Zeit?

Wenn ich nicht an psychologische Zusammenhänge dächte, würde ich von einem Wunder sprechen."

„Trauen Sie der Psychiatrie mehr zu als Gott?"

„Das ist es eben, mir kommt immer die Wissenschaft dazwischen."

Herr Körber blickte Ulrich schweigend an. Er schien über etwas nachzudenken. Endlich sagte er: „Eins verstehe ich nicht. Wußten Sie nichts von Ihren Großeltern? Sie waren gläubige Christen. Wenn Sie bei der Erziehung, die Sie genossen haben, davon früher Notiz genommen hätten, hätten Sie doch spätestens nach Ihrer Bekehrung darauf kommen und die Grundursache der Krankheit erahnen müssen."

„Tante Esthers Einstellung, ihr Glaube . . ."

Ulrich schlug sich mit der flachen Hand an die Stirn.

„Natürlich, Sie haben recht! Ich hätte es wissen und Mutter auf den Kopf zusagen müssen. Ich bin einfach nicht auf den Gedanken gekommen, nicht einmal neulich am Abend, als ich mit ihr über meine Gotteserfahrung sprach. Jetzt weiß ich auch, warum sie sich so merkwürdig benahm. Wahrscheinlich war sie zutiefst angerührt und erinnerte sich."

„Wem wollen Sie die Genesung Ihrer Mutter zuschreiben? Gott oder der Psychiatrie?"

„Obwohl ich es nie für möglich gehalten hätte, und was Ärzte auch sagen und Psychologen urteilen mögen, ich sehe die Genesung als Auswirkung des Glaubens an die Erlösung durch Jesus Christus und bin von ihrer Genesung überzeugt."

„Ein Grund zu Dank und Anbetung, nicht wahr?"

„Ja", sagte Ulrich, und die beiden Männer falteten die Hände. Nach dem Amen erhoben sie sich, aber Ulrich hielt den Gast noch einmal zurück.

„Noch etwas, ganz kurz. Meine Mutter möchte so bald wie möglich mit ihrer Schwester ins reine kommen. Es ist keine leichte Sache, nach mehr als fünfundzwanzig Jahren zu ihr zu gehen und um Vergebung zu bitten. Auch für meine Tante wäre es schockierend, unvorbereitet ihre Schwester vor sich zu sehen. Meine Mutter wird den Schritt tun, davon bin ich überzeugt, aber es wäre gut, wenn wir ihr dabei helfen würden."

„Sie meinen, jemand müßte die Vermittlerrolle übernehmen?"

„Ja, genau das meine ich."

„Können Sie das nicht tun?"

„Gewiß, aber ich denke, ein Außenstehender, ganz Unbeteiligter könnte am unbefangensten mit Tante Esther sprechen."

„Wann sollte das geschehen? Wir reisen übermorgen in der Frühe ab."

„Tante Esther hat unregelmäßigen Dienst. Es ist von vornherein die Frage, ob sie morgen anzutreffen ist. Lassen wir es darauf ankommen. Ich kann trotz der Dringlichkeit der Sache nicht von Ihnen erwarten, daß Sie Ihren Aufenthalt bei uns auch nur um Stunden verlängern, nicht nur, weil Sie von Ihrer Frau erwartet werden, sondern auch, weil Ulrike . . ."

Er unterbrach sich, hob die Schultern.

„Weil Ulrike – was meinen Sie?"

„Sie fühlt sich hier im Hause nicht so wohl, wie wir es wünschten. Ulrike muß heraus aus allem, was sie an die Nervenklinik und die Kranken dort erinnert. Bei dieser Gelegenheit möchte ich Ihnen raten, dafür zu sorgen, daß sich Ulrike nach einem anderen Arbeitsplatz umsieht. Vielleicht bemühen Sie sich in dieser Richtung."

„Sie überraschen mich. Die Atmosphäre dieses Hauses und der ganze Zuschnitt mögen Ulrike nicht liegen. Haben Sie irgendwelche bedenkliche Symptome bei ihr festgestellt? Mir ist bisher nichts aufgefallen, und Ulrike hat sich mir gegenüber nie geäußert."

„Es ist nichts Schwerwiegendes. Sie leidet unter gewissen Vorstellungen, hier und dort schon einmal gewesen zu sein. Solche Vorstellungen haben manchmal auch ganz normale Leute. Bei Ulrike nehmen sie aber etwas ausfallende Formen an."

„Sie führen das auf den Umgang mit den Nervenkranken zurück?"

„Ein wenig schon. Noch ist es nicht besorgniserregend. Aber ein völliger Milieuwechsel ist jedenfalls ratsam."

„Ich danke Ihnen für diesen Wink. Um aber noch einmal auf Ihre Tante zu kommen: Wird Ihre Mutter mich als Vermittler akzeptieren?"

„Davon bin ich überzeugt. Leider ist nicht einmal sicher, daß wir morgen meine Tante Esther erreichen."

„Legen wir alles in Gottes Hände!"

Eugen Monheimius war überrascht, seine Frau am andern Morgen am Frühstückstisch zu sehen.

Sie spürte sein Erstaunen, aber er machte keine Bemerkung.

Während sie ihm den Kaffee einschenkte, sagte sie: „Wenn es dir nicht unangenehm ist, werde ich jetzt wieder jeden Morgen mit dir frühstücken."

„Solange du mir nicht mit frommen Reden kommst, ist mir das sehr lieb."

„Vielen Dank, Schatz! Ich kann dir nicht sagen, wie froh und dankbar ich bin, nun endlich gesund zu sein."

„Juble nur nicht zu früh! Wie lange bleibt dein Pastor noch?"

„Er reist morgen mit Schwester Ulrike ab."

„Diese Krankenschwester ist wirklich ein netter Kerl. Trotzdem, ich habe lange genug diese Art ertragen. Wenn du dadurch wirklich völlig gesund geworden sein solltest – warten wir ab."

Er widmete sich seinem Frühstück und schwieg.

Es hatte keinen Zweck, mit ihrem Mann noch einmal über ihren Glauben zu sprechen – darüber war sich Damaris nach dem Auftritt am vorhergehenden Abend klar geworden.

Ob es ihr gelang, ihn durch eine neue Art zu leben von der Echtheit ihres Glaubens zu überzeugen?

Eugen Monheimius erhob sich, sah sie mit

einem prüfenden Blick an, beugte sich nieder und hauchte einen Kuß auf ihre Stirn.

„Bis nachher", sagte er, fügte aber nicht hinzu: „mein Lieb" oder „mein Herzblatt" oder wenigstens „Schatz", wie er es sonst getan hatte.

Das tat ein bißchen weh.

Wieselchen erschien und machte den Tisch für die Gäste zurecht.

Monheimius, der, sobald er das Haus verlassen hatte, mit seinen Gedanken meist schon im Büro war, bei Börsenberichten und anderen geschäftlichen Dingen, dachte heute an seine Frau. Da hatte er nun im Laufe der Jahre Hunderttausende ausgegeben, um ihr zu helfen, und doch hatten sich ihre Schwermuts- und Verwirrungszustände immer wiederholt. Wie konnte sie jetzt so ruhig und bestimmt sagen, sie sei gesund?

Monheimius hatte ihren Seelenzustand, ihr früheres Verhältnis zu Gott, nie für so wichtig gehalten, daß er sich genötigt sah, darüber mit den behandelnden Ärzten zu sprechen. Ihm war niemals in den Sinn gekommen, die Ursache zu der Erkrankung seiner Frau mit etwas anderem in Verbindung zu bringen als mit dem Verlust des Kindes. Es lag ihm viel zu fern, anzunehmen, Ris' Krankheit könnte mit ihrer Abwendung von dem angelernten Glauben zusammenhängen. Ihm wäre es lächerlich vorgekommen, den Ärzten zu erzählen, die Eltern seiner Frau seien fromme Leute gewesen und sie habe einmal Missionarin werden wollen. Selbst jetzt, als er darüber nachdachte, erschien es ihm als abwegig und überspannt, die Glaubensfrage als entscheidend sowohl für die Erkrankung seiner Frau als auch für ihre angebliche Genesung anzusehen.

Es wäre zu merkwürdig, wenn dieser Feld-Wald- und Wiesenpastor etwas zuwege gebracht hätte, was erfahrenen Professoren nicht gelungen war. Zwar war mit Ris' Behauptung, sie sei gesund, noch nichts bewiesen. Die Zukunft mußte zeigen, ob die Besserung ihres Zustandes von Dauer war.

Über seinen Zornesausbruch vom vergangenen Abend nachdenkend, erschien es ihm verwunderlich, daß bei ihr ein neuer Zusammenbruch ausgeblieben war. So betrunken war er nicht gewesen, um nicht zu wissen, was er ihr an den Kopf geworfen hatte. Jetzt, da er in Ruhe darüber nachdachte, erschien es ihm ungeheuerlich, ja brutal, was er ihr gesagt hatte. Bisher hatte er nicht einmal gewagt, Esther zu erwähnen. Nun hatte er Ris ins Gesicht geschleudert, was er für ihre Schwester getan hatte und rücksichtslos ihr Verhalten der Schwester gegenüber verurteilt.

Und doch war der Schrei ausgeblieben, der eigentlich hätte kommen müssen, und der ihm jedesmal das kalte Grauen über den Rücken jagte.

Er würde darüber mit Ulrich sprechen, der trotz seiner neuen frommen Einstellung nicht alle wissenschaftlichen Erkenntnisse für null und nichtig erklären würde.

Merkwürdig das alles!

Merkwürdig war auch Ris' Ruhe und Gelassenheit am Frühstückstisch. Kein Vorwurf, keine Anklage, keine Anspielung auf sein Verhalten am Abend zuvor. Einfach und selbstverständlich die Erklärung: „Ich werde jetzt wieder jeden Morgen mit dir frühstücken. Ich bin gesund." Wie war das möglich?

Suggestion? Autosuggestion? Lächerlich, das mit Gott in Verbindung zu bringen! Konnte die Vorstellung, der Glaube, daß es einen Gott gab, so etwas bewirken?

Monheimius kam das Wort in den Sinn: „Daß nicht sein kann, was nicht sein darf!"

Und doch war da etwas, das über seinen gesunden Menschenverstand hinausging!

Wie sollte er in Zukunft seiner Frau begegnen?

Ihre Einstellung ignorieren? Konnte man angesichts einer solchen Wandlung, wenn sie sich als dauerhaft herausstellte, tun, als sei nichts geschehen?

Abwarten, noch war nichts bewiesen!

Sie würde sich mit Esther aussöhnen, und Esther würde dazu ohne Vorbehalt bereit sein. Davon war er überzeugt.

Esther gehörte auch zu den Frommen. Er hatte sich von vornherein alles fromme Gerede verbeten. Sie aber hatte nur gesagt, eins könne er ihr nicht verbieten: für ihn zu beten. Im übrigen hatte sie seinen Wunsch respektiert und niemals ein anklagendes Wort über ihre Schwester verloren.

Monheimius wußte genau, wie seine Schwägerin stand, auch wenn sie nur einmal Gott erwähnt hatte. Das war bei der Sache mit dem Sozialamt, als es darum ging, ihre Nebeneinnahmen zu verschweigen. Er selber hatte ihr diese Einnahmequelle verschafft und garantierte ihr, daß niemand davon erfahren würde, am wenigsten irgendeine Behörde.

„Gott weiß es", hatte sie gesagt.

Er fand das geradezu idiotisch und hatte ihr damit gedroht, ihr diese Geldquelle zu verstopfen. Diese Drohung schien sie nicht einmal gerührt zu haben. Für sie hieß ein solches Verschweigen Betrug.

Betrug? Naja, es wäre gut, wenn alle Menschen so denken und entsprechend handeln würden. Aber wer dachte schon so? Glaubte Esther, mit ihrer Ehrlichkeit – eine verrückte Ehrlichkeit –, glaubte sie damit die Welt verbessern zu können?

Und was hatte Gott damit zu tun?

Hatte es Ris in der gleichen Weise gepackt? Wie würde es sich bei ihr auswirken? Von normalen Bahnen hatte sie gesprochen. Was hieß das schon, normal? War zum Beispiel Esthers Ehrlichkeit normal?

Monheimius parkte den Wagen an dem reservierten Platz vor dem Verwaltungsgebäude, schob alle lästigen Gedanken beiseite und betrat mit festen Schritten das Haus.

Ris hatte dem Wagen nachgeschaut, bis er um die Ecke verschwunden war.

Sie hatte ihrem Mann nicht das Geringste von der Trunkenheit des vergangenen Abends angemerkt. Er war erstaunt gewesen über ihr Erscheinen am Frühstückstisch, hatte es jedoch ohne Bemerkung angenommen. Seine Worte: „Juble nicht zu früh" waren ohne Spott gewesen.

Wie ihr Mann, so dachte auch sie darüber nach, wie sich ihr Zusammenleben in Zukunft gestalten würde.

Da erschienen Ulrich und die beiden Gäste zum Frühstück.

„Ich trinke noch eine Tasse Kaffee mit euch", sagte Ris. „Ich habe schon mit Papa gefrühstückt."

„Schön, Mama! War er sehr erstaunt, dich so früh zu sehen?"

„Er ließ sich kaum etwas anmerken. Ich habe ihm gesagt, in Zukunft würde ich es immer tun. So wie in alten Zeiten."

„Das muß er als ein gutes Zeichen ansehen, was deine Gesundheit betrifft."

„Davon ist er nicht so schnell zu überzeugen. Er hat nur gebeten, ich solle ihn mit frommen Reden verschonen."

„Was er fromme Reden nennt, sollten Sie auch vermeiden, wenn ich mich einschalten darf", sagte Herr Körber. „Es wird genug Gelegenheiten geben, bei denen es darauf ankommt, sich als Christ zu bewähren."

Er hielt eine kurze Morgenandacht. Da man

sich aber so viel zu sagen hatte, dehnte sich das Zusammensein länger als üblich aus. Das Gespräch kam auch auf Esther, und Frau Monheimius war froh, als Ulrich den Vorschlag machte, er selber oder Herr Körber würden ihre Schwester auf den Besuch vorbereiten.

„Das wäre schön. Ich glaube, auch für Esther ist es leichter, wenn ich nicht plötzlich vor ihr stehe. Die vielen Jahre, und dann so mir nichts, dir nichts –"

„Ich habe sie bereits angerufen, Mama. Sie hat heute ihren freien Tag. Ich habe uns, Herrn Körber und mich, für elf Uhr angemeldet. Sie benahm sich am Telefon sehr merkwürdig. Ich kann es dir jetzt ohne Bedenken erzählen. Neulich trafen Ulrike und ich Ruth in der Stadt. Wahrscheinlich haben wir davon gesprochen, daß wir einen Pastor als Gast haben. So genau weiß ich das nicht. Auch habe ich Ruth erzählt, daß ich mich habe taufen lassen. Welchen Reim sich Tante Esther darauf macht, weiß ich nicht. Jedenfalls sagte sie ziemlich erregt: ‚Der Pastor, der Ulrike adoptiert hat, ist bei euch? Ja, er soll kommen.' Und dann wiederholte sie: ‚Es ist sehr wichtig, er soll unbedingt kommen!'"

„Hast du auch angedeutet, um was es sich handelt?"

„Nein, ich habe sie nur gefragt, ob sie heute irgendwann eine Stunde Zeit hätte, ich wollte ihr den Pastor vorstellen, der mich getauft hat. Darauf reagierte sie so eigenartig."

„Wie dem auch sei",sagte Pastor Körber, „alles wird sich klären."

Bald darauf machten sich die beiden Männer auf den Weg. Ulrich meinte: „Es lohnt sich nicht, den Wagen aus der Garage zu holen. Wir müssen wegen der Einbahnstraßen weit herumfahren. Auch findet man nicht gleich einen Parkplatz. Wenn es Ihnen nichts ausmacht, gehen wir zu Fuß."

Unterwegs fragte Pastor Körber: „Ich habe über Ihre Bemerkung bezüglich Ulrike nachgedacht. Bitte sagen Sie mir, ob Sie ernstlichere Bedenken haben, wenn sie länger in der Heilstätte arbeitet."

Ulrich seufzte.

„Um das richtig beurteilen zu können, müßte ich Ulrike längere Zeit beobachten. Ich habe früher bei unserer Zusammenarbeit nie bemerkt, daß sie wechselnden Stimmungen unterworfen war, wie es hier der Fall ist. Ich denke, wir bleiben dazu in Verbindung miteinander. Es wird sich zeigen, wie sich ihr Zustand entwickelt. Zu ernster Sorge ist noch kein Anlaß, und für den Augenblick ist die Angelegenheit meiner Mutter wichtiger."

Bei Frau Riedinger angekommen, wurden sie nicht nur sehr freundlich empfangen. Es hatte den Anschein, als hätte die Tante ungeduldig auf den Pastor gewartet. Zu Ulrichs größter Verblüffung bat sie: „Bitte, Ulrich, nimm es mir nicht übel! Ich möchte gern mit dem Herrn Pastor allein sprechen."

„Wie – natürlich – gut, wenn du es wünschst, Tante Esther."

Sie war offensichtlich erregt, ließ Ulrich an der Tür stehen und führte Pastor Körber in ihr kleines, gemütliches Wohnzimmer. Ulrich, höchst überrascht, zog wie ein begossener Pudel ab.

„Sie kommen wegen Ihrer Tochter Ulrike, nehme ich an", begann Esther, kaum daß Pastor Körber Platz genommen hatte.

„Wegen Ulrike? Sie kennen meine Tochter?"

„Nein, aber meine Tochter Ruth hat vorgestern Ihre Tochter mit meinem Neffen Ulrich in der Stadt getroffen. Sie hat es Ihnen gewiß erzählt."

„Nein, dazu war in Gegenwart von Frau Monheimius keine Gelegenheit. Es erschien meiner Tochter wohl auch nicht wichtig."

„Ja, natürlich, ich verstehe. Die beiden jungen Mädchen unterhielten sich. Dabei kam die Rede darauf, daß Ihre Tochter in Leipzig geboren ist und als Kriegswaise von Ihnen adoptiert wurde."

„Ja, das ist richtig. Aber darf ich Sie unterbrechen? Mich führt ein anderes Anliegen zu Ihnen."

„Bitte, Herr Pastor, lassen Sie mich erst einmal die Sache mit Ihrer Ulrike klären. Als mich Ulrich heute morgen anrief und mir sagte, wer im Hause Monheimius zu Gast sei, war ich sehr überrascht. Welch seltsame Fügung! Mir lag soviel daran, Ulrikes Adoptivvater kennenzulernen und mit ihm zu sprechen! Im Gespräch mit meiner Tochter erwähnte Ihre Tochter, sie sei eine geborene Zambelli. In Leipzig wohnte eine Familie Zambelli mit mir Tür an Tür. Sie hatten ein kleines Mädchen von etwa zweieinhalb Jahren. Der Name Zambelli ist in Deutschland nicht gerade häufig. Mir kam gleich der Gedanke, Ihre Ulrike, verstehen Sie?"

„Sie meinen, sie sei mit jenem kleinen Mädchen identisch?"

„Obwohl es unwahrscheinlich ist und nach so vielen Jahren kaum nachzuweisen sein wird, interessiert es mich, wie Sie zu dem Kind gekommen sind."

„Wenn Ulrike wirklich das Kind Ihrer Bekannten sein sollte, wäre ich froh, die Bestätigung zu erhalten, die bis heute nicht eindeutig zu erlangen war. Wir, meine Frau und ich, sind auf Vermutungen angewiesen, obwohl uns versichert wurde, das kleine Mädchen, das mir buchstäblich aus den Trümmern eines Hauses in die Arme gelaufen ist, sei Ulrike Zambelli.

Im Dezember 1943 kam ich von der Ostfront, um bei meiner Frau, die in der Nähe von Altenburg in Thüringen evakuiert war, meinen Urlaub zu verbringen. Unser Zug hielt bei Leipzig auf freier Strecke, und es hieß, mit der Weiterfahrt sei vorläufig nicht zu rechnen. Wir, das heißt, meine Kameraden und ich, stiegen aus und sahen die brennende Stadt vor uns. Ich muß gestehen, ich habe bei dem Anblick nur flüchtig an die armen Menschen gedacht, die zitternd in den Kellern hockten, Hab und Gut in Flammen aufgehen sahen oder gar mit dem Tode rangen. Ich dachte an meine Frau. Jede Minute, die ich nutzlos warten mußte, ging mir von meinem Urlaub verloren.

Ich überlegte nicht lange, nahm meinen Tornister auf den Rücken, überschritt die Gleise und ging neben den Schienen auf die brennende Stadt zu."

Pastor Körber sprach nun beinahe automatisch, ohne zu überlegen, warum er das aus seinem Gedächtnis hervorholte.

Esther unterbrach ihn nicht. Sie lauschte gespannt. Dieser Mann da vor ihr erlebte jetzt nach so vielen Jahren jede Einzelheit wieder, das sah sie ihm an.

„Ich erreichte die Chaussee", erzählte Herr Körber, als läse er alles aus einem Buche vor oder als liefe ein inneres Tonband ab. „Bald kamen mir Leute mit Koffern und Bündeln oder vollgepackten Handwagen entgegen. Sie trugen ihre kleinen Kinder auf dem Rücken und zogen die größeren hinter sich her. Flüchtende aus der Stadt, Frauen, Kinder, Greise.

Der Dezembermorgen war von Rauchschwaden verdunkelt. Man ahnte nur den Tag. Je näher ich der Stadt kam, desto häufiger stieß ich auf Hindernisse, Absperrungen, Trümmer, umgestürzte Straßenbahnen, zerfetzte Bäume. Manchmal war ich in eine Menschenmenge eingekeilt und wurde mitgeschoben, dann wieder, ein seltsamer Gegensatz, war ich in einer menschenleeren Straße zwischen rauchenden Trümmern.

Meine Uhr war stehengeblieben. Ich hatte am

Morgen vergessen, sie aufzuziehen. Nirgends konnte ich eine öffentliche Uhr entdecken, und wo eine war, stand sie auf drei Uhr zwanzig. Es konnte unmöglich den ganzen Tag drei Uhr zwanzig sein."

Er sah Esther an.

„Daß man so etwas nicht vergißt! Aber ich erzähle zu weitschweifig, verzeihen Sie!"

„Oh, Sie erzählen gut, soll ich Ihnen sagen, daß ich heute zum ersten Mal davon höre, wie es in den ersten Stunden nach dem Angriff zuging, während ich mit meinem Kind sicher und geborgen in der Frauenklinik lag? Als ich zehn Tage später aufs Land transportiert wurde, war es noch schlimm genug."

„Ich wußte, wie gesagt, weder Zeit noch Stunde, aber der Hunger ließ es mich wissen, daß es schon spät am Tage sein mußte.

Auf dem Platz vor dem Reichsgericht, ich kannte ihn von früher, drängte sich eine Menschenmenge zusammen. Suppe und Brot wurde ausgegeben. Im Vorbeigehen hörte ich eine Frau, die drei Kinder bei sich hatte, laut schimpfen, für nichts sei vorgesorgt, es gäbe keine ordentliche Organisation.

Ich mischte mich nicht zwischen die Wartenden, sondern ging ein Stück weiter und befand mich plötzlich zwischen den Trümmern einer menschenleeren Straße, über der noch der Mörtelstaub der zerbombten Häuser schwebte. Von den Häusern standen nur die Fassaden, und am Eckhaus hing wie zum Hohn noch das Straßenschild: Grassistraße.“

„Grassistraße! Sie ist es“, rief Esther aus, „dort habe ich gewohnt, dort haben Zambellis gewohnt. Haben Sie da Ulrike gefunden?“

Pastor Körber nickte.

Esther rief aus: „Es ist nicht zu fassen! Es kann nur Ulrike Zambelli gewesen sein!“

„Es kann nur Ulrike Zambelli sein! Genau diese Worte sagte später auch die Helferin vom Roten Kreuz.

Es war unheimlich still zwischen den Trümmern. Eine Luftmine mußte hier niedergegangen sein. Ich hatte mich auf einen der herumliegenden Quadersteine gesetzt und meinen Proviant ausgepackt, da hörte ich ein klägliches Wimmern. Es klang nicht wie ein menschlicher Laut. War irgendwo ein verletztes, sterbendes Tier? Ich sah mich um, und entdeckte dort, wo einmal die Tür gewesen war, ein kleines, graues Etwas, das auf allen Vieren dahergekrochen kam. Ich lief hin und hob das kleine Wesen auf. Es war Ulrike. Ich trug sie zu meinem Platz. Als das Kind mein Kommißbrot liegen sah, griff es gierig danach und stopfte den harten Brocken in den Mund. Ich gab der Kleinen aus meiner Feldflasche zu trinken und fragte mich, wo ich das Kind lassen sollte. Ich konnte es ja nicht mitnehmen. Am Haus, aus dem es gekrochen kam, hing noch die Hausnummer. So etwas gab es. Ein ganzes Haus war zerstört, und irgendwo an einer stehengebliebenen Mauer hing noch ein Bild, eine Wanduhr, ein Bücherregal."

„Die Hausnummer, sagten Sie?"

„Sieben."

„Grassistraße sieben", sagte Esther tonlos und noch einmal: „Grassistraße sieben, kein Zweifel, es war, es ist Ulrike Zambelli."

„Es *ist* also Ulrike Zambelli."

„Und dann? Wer sagte Ihnen, daß es Ulrike Zambelli sei? Ach, ich vergesse, Ulrike konnte damals schon sprechen."

„Nein, das Kind war so verstört, es sagte nur drei Worte: Mama, Papa und Uli. Ich konnte es natürlich nicht sich selbst überlassen. Ich nahm es auf den Arm und fand ein paar Straßen weiter an einer Schule die Rote-Kreuz-Fahne. Hier, dachte ich, könnte ich das Kind unterbringen. Aber so schnell, wie ich gehofft hatte, ging das nicht.

Ein Lastwagen fuhr vor und brachte eine Menge Leute. Es war ein heilloses Durcheinander. Niemand wußte woher, wohin. Ich ging in das Gebäude und hielt den ersten Sanitäter an, der mir in den Weg lief, und fragte ihn, wo ich das Kind abgeben könne.

‚Weeßch nich!' sagte er und ließ mich einfach stehen.

Ich schweife schon wieder ab. Ich sehe nun, da ich davon erzähle, alles wieder deutlich vor mir; ja, ich spüre erneut die Ratlosigkeit und die Ungeduld, die mich zu meiner Frau trieb. Ich lief durch endlose Korridore, öffnete Türen. In jedem

Raum drängten sich die Menschen. Endlich fand ich ein Schild: Meldestelle.

Hier wollte ich mich auf keinen Fall abweisen lassen. Auch dieser Raum war gedrängt voll Menschen. Eine Schwesternhelferin kam auf mich zu und fragte: ‚Wo kommen Sie denn mit dem Kind her?'

‚Es kroch verlassen auf der Straße herum.'

‚Auf welcher Straße?'

‚Irgendwo auf der Straße, da hinten.' Und da fiel es mir ein, und ich sagte: ‚Grassistraße, glaube ich, bei Nummer sieben.'

‚Grassistraße? Wie sieht es da aus? Da wohne ich nämlich.'

‚Wenn Sie dort wohnen, können Sie froh sein, daß Sie hier gesund und munter herumlaufen. Und nun nehmen Sie mir endlich das Kind ab.'

Die Helferin sah Ulrike an und sagte: ‚Grassistraße sieben, das kann nur Ulrike Zambelli sein.' Genau diese Worte sagte sie. Was dann geschah, wirkte trotz dem Ernst der Situation einfach komisch. Sie ließ mich stehen, drängte sich zur Barriere durch, hinter der zwei Uniformierte saßen, und rief: ‚Ich muß weg, ich muß sehen, was bei uns passiert ist . . .'"

„Ich weiß", unterbrach Esther den Pastor. „Sie wohnte im Erdgeschoß als Untermieterin bei zwei alten Damen. Ich habe sie noch einmal getroffen, als ich aus der Frauenklinik entlassen wurde. Sie fuhr mit dem Transport der Evakuierten und erzählte mir, alle im Haus seien umgekommen, nur die kleine Ulrike sei gerettet worden. Ein Soldat hätte das Kind beim DRK abgegeben."

„Das hätte ich nur zu gern getan. Ich wurde Ulrike einfach nicht los. Irgendwer sagte, ich solle sie zur Südstraße bringen, dort würden die Kinder gesammelt, deren Eltern sich noch nicht gemeldet hätten. Auf der Straße stand noch der Lastwagen, der eben die Leute gebracht hatte. Jetzt wurde er von andern gestürmt, die aus der Stadt heraus wollten. Es hieß, er führe in Richtung Altenburg. Das war mir gerade recht. Ich drängte mich mit dem kleinen lebenden Bündel auf den Wagen zwischen die anderen Leute, und dann ging es in die sinkende Dämmerung hinein. Es war stockdunkel, als wir in Altenburg aussteigen mußten. Froh, durch die Fahrt etwas Zeit aufgeholt zu haben, wanderte ich durch die Nacht nach Schmölln und brachte das Kind meiner Frau."

„Ulrike Zambelli! Ulrike Zambelli! Da sage einer, es geschähen heute keine Wunder mehr. Ich möchte sie gern sehen. Wie können wir das einrichten, vorausgesetzt, Sie sind damit einverstanden."

„Warum sollte ich nicht damit einverstanden sein? Aber nun möchte ich endlich sagen, was mich zu Ihnen geführt hat. Über allem Erzählen ist es ganz in den Hintergrund gedrängt worden, und es ist doch eine sehr wichtige Angelegenheit. Darum auch hat mich Ulrich begleitet, nicht nur, um mir den Weg zu Ihnen zu zeigen."

„Er hat sich taufen lassen, ich weiß."

„Und Ihre Schwester, Frau Monheimius, hat sich Jesus ausgeliefert. Nun möchte Sie mit Ihnen Frieden schließen. Sie hat Ihnen viel abzubitten, das weiß sie."

„Damaris, meine geliebte Schwester . . ."

Tränen stürzten aus Esthers Augen.

„Kommen Sie, ich will zu ihr gehen! Wie habe ich mich nach ihr gesehnt! Wird sie es verkraften, wenn ich unangemeldet vor ihr stehe? Und Ulrike, das auch noch! Sie war ein herziges Kind mit schwarzen Locken und dunklen Augen ihrer Mutter."

„Schwarze Locken? Unsere Ulrike ist blond, sie hat blaue Augen. Also scheint es doch nicht Ihre Bekannte zu sein."

„Aber die Schwesternhelferin – und Grassistraße sieben –" Esther murmelte vor sich hin: „Im Erdgeschoß die beiden alten Damen, im ersten Stock die Leute mit den Hitlerjungen, das alte Ehepaar Reuter, die Söhne Soldat, die Witwe Moosbach, Sandmanns, Zambellis, ich – es gab nur ein kleines Kind im Haus . . ."

Esther starrte plötzlich den Pastor an. Sie war kreideweiß geworden.

„Nein, es gab noch ein kleines Kind im Haus. Ris mit Sabine. Damaris war spät am Abend gekommen. Niemand wußte von ihr und dem Kind. Sabine war ungefähr so alt wie die kleine Ulrike Zambelli – blond, Sabine war blond – blond wie Damaris!"

„Frau Riedinger, Sie glauben doch nicht etwa?"

„Ulrike Zambelli hatte schwarze Locken. Wie konnte die Helferin sagen, das Kind sei Ulrike, wenn die Kleine doch blond war?“

„Man konnte gar nicht erkennen, ob blond oder schwarz. Das Haar der Kleinen war grau, völlig verstaubt. Erst als meine Frau es gebadet hatte, kamen die blonden Locken zum Vorschein.“

„Aber wo kam ausgerechnet Grassistraße sieben das blonde Kind her?“

„Das kann ich Ihnen nicht sagen. Hören Sie, Frau Riedinger, das sollte Ulrike nicht erfahren. Für uns war sie Ulrike Zambelli, für uns ist sie unsere Tochter. Dabei sollten wir es lassen.“

„Gewiß, ich will weder Sie noch Ulrike verunsichern, aber verstehen Sie doch; Sabine war im Haus, Damaris lag mit gebrochenem Bein und konnte über den Verbleib des Kindes nichts wissen.“

„Herr Monheimius hat sein Töchterchen tot im Sarg liegen gesehen, er hat es mir selbst erzählt.“

„Ja, ja, mir auch. Aber war das Kind im Sarg Sabine?“

„Das habe ich ihn auch gefragt, als er mir sagte, die kleine Leiche sei verstümmelt gewesen. Er hat das Kind an seinem Mäntelchen erkannt.“

„Merkwürdig. Damaris zog dem Kind immer ein Strampelhöschen an, wenn sie nachts in den Keller ging. Ich selber hatte es gestrickt, damit das Kind hübsch warm sein sollte. Nun ja, vielleicht hat Damaris das Höschen gar nicht mit auf die Reise genommen.“

„Jetzt haben Sie mich neugierig gemacht, Frau Riedinger. Es sind gewiß noch Fotos von der kleinen Sabine vorhanden. Vielleicht könnte ich da eine Ähnlichkeit feststellen, wenn es sich wirklich um Ihre Nichte handeln sollte. Oder aber wir überzeugen uns, daß es auf keinen Fall Sabine sein kann."

„Ich habe bestimmt noch ein paar Aufnahmen. Ich habe Sabine auch in den Strampelhöschen fotografiert. Sie sah darin so reizend aus."

Esther holte eine Schatulle aus dem Schrank.

„Haben sich denn keine Verwandten des Kindes gemeldet, Herr Pastor? Der Vater war Soldat."

„Wir haben ihm ein Foto von Ulrike geschickt, nachdem wir seine Feldpostnummer ausfindig gemacht hatten. Der Brief kam zurück – gefallen. Es war ein endloser Papierkrieg, bis wir Ulrike adoptieren konnten. Eine Verwandte in Mecklenburg schrieb, sie sei zu alt und könne sich des Kindes nicht annehmen. Dann gab es Verwandte in Italien, keiner zeigte Interesse . . ."

Während er sprach, breitete Esther eine Menge Fotos auf dem Tisch aus.

„Sie müssen ganz unten liegen", sagte sie.

Noch ehe sie gefunden hatte, was sie suchte, hatte es Pastor Körber entdeckt.

„Hier, das ist sie. Es könnte unsere Aufnahme sein, die wir damals gemacht haben."

„Sabine, Sabine! O Herr Jesu, nach so vielen Jahren", stammelte Esther.

„Als Sie von dem Strampelhöschen sprachen,

sah ich die Kleine wieder vor mir, wie sie hervorkroch. Und jetzt fällt mir noch etwas ein, obwohl es mir nie von Bedeutung schien: Ulrike sieht Frau Monheimius ähnlich. Ich habe es gesehen und doch nicht gesehen. Wie hätte ich auch nur die entfernteste Verwandtschaft vermuten können. So bin ich einfach darüber hinweggegangen."

Esther war im Sessel zusammengesunken.

Alles war so verwirrend, beglückend und erschreckend zugleich.

Pastor Körber überlegte. Irgend etwas mußte geschehen, Ulrike Zambelli konnte man schweigend hinnehmen, Sabine Monheimius nicht. Aber warum eigentlich nicht? Frau Monheimius hatte Frieden gefunden. Sabine wurde ein neues Problem, eine neue Erschütterung. Da sagte Esther: „Damaris, wie soll sie das verkraften?"

„Jetzt wird sich zeigen, Frau Riedinger, ob die Krankheit ganz überwunden ist, wie Frau Monheimius meint."

„Sie ist bereit, sich mit mir zu versöhnen. Das sagt schon viel. Aber ob sie dieser Belastung gewachsen ist? Ich bin als gesunder Mensch schokkiert und muß erst mit dem Gedanken fertig werden, ich bin auch nur die Tante, Damaris als Mutter – ein völlig Gesunder könnte bei dem Gedanken überschnappen, wieviel mehr meine labile Schwester."

„Ich schlage vor, wir weihen Ulrich ein. Er soll als Arzt seine Meinung äußern. Er kann sich ein Urteil bilden und wird einen Rat wissen. Ich habe nicht den Mut, Ihre Schwester mit der Botschaft zu überfallen. Und noch etwas. Ulrike selber – und meine Frau ..."

Er stöhnte und barg das Gesicht in den Händen.

Ulrich kehrte nicht auf dem kürzesten Wege nach Hause zurück. Wie seltsam hatte sich Tante Esther benommen. War es schon morgens am Telefon merkwürdig genug gewesen, mit welchem Eifer sie nach Pastor Körber verlangte, so war ihr Benehmen nun noch verblüffender gewesen.

Warum wollte sie Herrn Körber allein sprechen?

Soviel er darüber nachdachte, er fand keine Erklärung. Die Begegnung mit seiner Cousine Ruth fiel ihm ein. Was hatten die beiden Mädchen, Ruth und Ulrike, in der Zeit gesprochen, als er sich die Blätter für sein Ringbuch holte? Sie waren, als er aus dem Geschäft kam, in lebhaftem Gespräch gewesen. Er überlegte, was man gesprochen hatte, konnte sich aber nicht mehr darauf besinnen. Es war bestimmt nichts Besonderes gewesen, sonst würde es ihm einfallen.

Die Tage in seinem Elternhaus verliefen diesmal so ganz anders als sonst. Lag das an Ulrike? Lag es an Pastor Körber? Beide taten sich in keiner Weise hervor. Und doch hatten sie ungewollt die Atmosphäre des Hauses verändert.

Natürlich lag es auch an ihm selber. Sein Verhältnis zu den Eltern hatte sich verändert.

Dann bedrängten ihn die krankhaften Vorstellungen Ulrikes. Und was sollten die Fragen, versteckt und offen, ob er ein tieferes Interesse an Ulrike hätte. „Feuer gefangen?“ so der Vater, und die Mutter: „Taufen, ist es wegen Schwester Ulrike?“

Die Frage nach seinen Zukunftsplänen.

Und jeden Tag aufs neue der Wunsch, im Glauben zu wachsen, zu lernen, ganz zu vertrauen.

Nach einem weiten Umweg kehrte er nach Hause zurück. Er fand Ulrike versunken in der Halle stehen.

Sie wandte sich um, als sie ihn kommen hörte und sagte: „Morgen um diese Zeit sitze ich mit Vater im Zug nach Frankfurt.“

„Bist du so froh darüber?“

„Ja, Ulrich, so lieb auch alle im Haus zu mir sind. Du hast dich so freundlich um mich bemüht und mir doch nicht helfen können. Ich glaube, meine merkwürdigen Vorstellungen verlieren sich erst, wenn ich euer Haus hinter mir gelassen habe.“

Frau Monheimius kam die Treppe herunter.

„Da bist du ja, Ulrich. Hast du Herrn Körber nicht mitgebracht?“

„Tante Esther wollte ihn allein sprechen. Warum, weiß ich nicht.“

„Hast du gar nicht mit ihr gesprochen?“ fragte Frau Monheimius.

„Nein, aber ich denke, es wird alles in Ordnung kommen.“ Er hätte gern hinzugefügt: Ich habe darum gebetet. Doch sagte er es nicht, weil er sich noch scheute, solche Gedanken auszusprechen.

„Ja, daran glaube ich fest. Ich kenne Esther. Sie kann lieben und vergeben. Ich möchte am liebsten gleich zu ihr gehen."

„Warte ab, Mama, bis Herr Körber zurück ist. Ich hatte den Eindruck, daß Tante Esther etwas Wichtiges auf dem Herzen hatte. Es wäre nicht gut, ihr Gespräch zu stören."

„Was wollt ihr inzwischen tun? Ich würde euch einen Spaziergang vorschlagen, wenn es mir nicht lieber wäre, euch im Hause zu haben, wenn Herr Körber zurückkommt. Ich hoffe, daß er nicht allein kommt. Glaubt mir, ich bin froh und ängstlich zugleich. Eigentlich sollten wir uns erst allein aussprechen, Esther und ich. Andererseits sage ich mir, es wäre leichter, wenn du dabei wärst, Ulrich, oder Herr Körber. Was würdest du vorschlagen?"

„Ich denke, Mama, wir bleiben im Hause. Inzwischen spiele ich mit Ulrike eine Partie Boccia. Du kennst gewiß das Spiel?" sagte er, sich an Ulrike wendend.

Er will mich mal wieder ablenken, dachte sie, dankbar für den Vorschlag.

„Ich kenne das Spiel nur vom Zusehen. Manche Patienten spielten es immer auf der Wiese unter der Rotbuche."

„Fein, vertreiben wir uns damit die Zeit, bis dein Vater zurückkommt. Weißt du, wo die Bocciabälle geblieben sind, Mama?"

„Ich nehme an, sie sind im Partykeller."

Er ging, um das Spiel zu holen.

Frau Monheimius sagte: „Ich will mich so schnell wie möglich an ein normales Leben gewöhnen und ein paar Hausfrauenpflichten übernehmen. Wieselchen wird nicht jünger und kann Hilfe gebrauchen."

„Soweit ich das beurteilen kann, tun Sie gut daran. Sprechen Sie mit Ulrich darüber. Sie dürfen sich aber auf keinen Fall übernehmen."

„Davon kann keine Rede sein. Es gibt im Haus so viele kleine Dinge, die liegenbleiben können, aber nicht liegenbleiben sollten. Die kann ich gut bewältigen."

Ulrich kam aus dem Keller.

„Ich finde die Spiele nicht, Mama. Früher lagen die Federbälle und Schläger und alle Gartenspielgeräte in dem Wandschrank. Da sind sie nicht. Hast du sie weggegeben?"

„Nein, vielleicht hat Papa sie weggeräumt. Ich werde mal nachsehen."

Frau Monheimius hatte den Partykeller von dem Tag an gemieden, da er als Schutzraum nicht mehr gebraucht wurde. Die Erinnerung an Sabine wurde gerade dort so lebendig.

Ulrich erschrak, als sich seine Mutter jetzt zur Kellertreppe begab. Er flüsterte Ulrike zu: „Wir dürfen sie dort nicht alleinlassen."

„Ich verstehe, ich gehe mit hinunter", antwortete Ulrike.

Sie ging voraus, Ulrich folgte zögernd.

Auf der untersten Stufe der Kellertreppe angekommen, bereute Ulrike ihren Entschluß, mitzugehen.

Da war wieder das schreckliche Gefühl, stärker denn je zuvor. Die schwere Eichentür mit den eisernen Beschlägen ... Ulrike unterdrückte ein Stöhnen.

Auch Frau Monheimius mußte die Schwäche überwinden, die sie überfiel.

Ein Stoßgebet.

Sie öffnete die Tür.

Ulrich hatte das Licht brennen lassen.

Sich zu Ulrike umwendend, sagte Frau Monheimius mit gepreßter Stimme: „Der Raum hat keine Fenster, hier war unser Schutzraum." Mit Gewalt drangen die Erinnerungen auf sie ein. Nur um die eigene Stimme zu hören, sprach sie weiter, gab Erklärungen. Ulrike hörte und hörte doch nicht.

Ulrich stand an der Tür wie eine Schildwache, bereit, einzugreifen, wenn es nötig wurde. Wie dieses Eingreifen aussehen würde, versuchte er sich vergeblich vorzustellen.

Das *konnte* nicht gutgehen.

Das *mußte* Mama umwerfen.

Sein Herz klopfte zum Zerspringen.

Psychologie – nichts, aber auch gar nichts fiel ihm ein, was in dem Augenblick zu geschehen hätte, wenn seine Mutter mit einem Schrei zusammenbrach.

Wie eine Erlösung kam ihm der Gedanke: Beten!

„O Gott, Herr Jesus – o Gott, Herr Jesus –"

Nur dieses innere Gestammel. Wie armselig kam es ihm vor. Jetzt fiel sein Blick auf Ulrike.

Sie ließ ihre Blicke durch den Raum schweifen.

Dort, wo ehemals die Fenster gewesen waren, hingen Glasbilder. Ulrike meinte ersticken zu müssen. Ihre Gedanken überstürzten sich. Ich kenne das alles. Hier bin ich schon gewesen. Die Stühle, der Sessel dort . . .

Ihr Blick blieb an einem der Glasbilder hängen.

Entsetzt sah Ulrich, wie sich ihr Gesicht versteinerte. Sie starrte auf das Bild. Es stellte einen Bergmann mit Schachthut dar, die Keilhaue geschultert.

Frau Monheimius hatte die Schiebetür eines Wandschrankes zurückgeschoben. Ulrich wollte sagen: „Da habe ich schon nachgesehen", da hörten Mutter und Sohn Ulrike mit beklommener, fast fremder Stimme sagen, jede Silbe einzeln hervorstoßend: „Hut – zel – männ – chen."

Frau Monheimius durchfuhr es wie ein Blitz. Sie wandte sich um.

Wie Schuppen fiel es von ihren Augen.

„Bienchen! Biene!"

„Sabine", murmelte Ulrich dumpf.

Ulrike, wie aus einem tiefen Traum erwachend, weiß wie die Wand, fiel Frau Monheimius in die Arme und stammelte: „Mama."

Lachen und Weinen zugleich bei Mutter und Tochter, bei Ulrich ein grenzenloses Verwundern.

Ja, sie war schon einmal hier gewesen. Ihre

Vorstellungen waren nicht krankhaft. In irgendeinem Fach der Erinnerung ruhten die gespeicherten Eindrücke eines nicht ganz drei Jahre alten Kindes.

Er hatte der Mutter Beistand leisten wollen, jetzt hätte er beinahe des Beistandes bedurft.

„Kommt hier heraus", sagte er und riß die beiden Frauen in die Gegenwart zurück.

Sie folgten ihm ohne Zögern.

„Ulrich, wie konnten wir es übersehen! O mein Gott und Vater, du gibst mir mein Kind zurück! Sabine! Sabine! Sabine!"

Ulrich wußte nicht, führte er die Mutter, oder stützte er sich auf sie?

Ulrike fiel in der Halle in einen Sessel. Frau Monheimius sank vor ihr in die Knie und bettete ihren Kopf in ihren Schoß. Ulrich, auf die Lehne eines Stuhles gestützt, hörte Ulrikes tonloses Flüstern: „Ich hab's gefühlt, alles stimmt. Die Perle vorn an der Klingel; oben in meinem Zimmer die Tierchen: Mucki, Macki, Micki, Mex, und dem Äffchen fehlt das linke Auge. Ich wußte die Namen sofort, und es war entsetzlich. Ich bin nicht krank, Ulrich. Hörst du, ich bin nicht krank, das ist wunderbar. Aber nun? Es ist nicht weniger schrecklich. Ulrich, Mama helft mir doch!"

Sie brach in herzerschütterndes Schluchzen aus.

Das brachte Ulrich zur Besinnung.

Er trat an den Sessel und strich sanft über Ulrikes Haar. Nein, es war ja Sabine, seine Schwester.

Er war jetzt nicht allein der Arzt, sondern auch ihr leiblicher und geistlicher Bruder.

„Weine, Sabine, liebe Sabine, weine dich aus! Ja, ja, Tränen – wie gut, daß Gott uns Tränen gab. Weine, liebe kleine Schwester, weine, liebe Sabine!"

Frau Monheimius hob den Kopf.

„Ulrich, mein Sohn, du bist wunderbar!"

„Gott ist wunderbar, Mama."

Er legte nun seine Hand auf den Scheitel seiner Mutter.

„Weint nur, Mama, weint, sonst bringt es euch um."

Wie lange sie so gesessen hatten, wußten sie nie zu sagen. Zuviel ging in ihren Herzen vor. Über fünfundzwanzig Jahre hinweg war eine Brücke zu schlagen.

Ulrike vermochte es am wenigsten.

Wieselchen kam aus der Küche. Durch sie kam Ernüchterung.

Damaris rief ihr zu: „Wieselchen, es ist Sabine!"

Der treue Hausgeist war nicht im geringsten erstaunt. „Natürlich ist es Fräulein Sabine. Das habe ich gleich gesehen. Mich wundert nur, daß Sie es jetzt erst merken."

„Sie haben es gewußt? Woher denn?"

„Sie haben genauso ausgesehen wie die angebliche Schwester Ulrike, als ich hier ins Haus kam."

„Sie haben Sabine erkannt und nichts gesagt?"

„Das kam mir nicht zu. Und jetzt möchte ich

wissen, ob der Herr Pastor später kommt, weil ich die Schnitzel in die Pfanne tun will."

Es war grotesk und beinahe zum Lachen.

„Ach die Schnitzel, lassen Sie die nur einstweilen", sagte Frau Monheimius.

Wieselchen zog sich ein wenig beleidigt zurück.

Ulrich wußte nicht, sollte er sich über die Störung ärgern oder froh darüber sein.

Alles war mit einem Male nüchtern.

Mama hatte sich erhoben, und nun stand auch Sabine auf. „Laßt mich allein, bitte!"

Keiner hielt sie zurück. Langsam, wie unter einer schweren Last, schritt sie Stufe für Stufe in ihr Zimmer hinauf.

Ihr Zimmer, ja, es war ihr Zimmer.

Dann blieb sie vor den Stofftierchen stehen und murmelte dic vier Namen: „Mucki, Micki, Macki, Mex, kleiner Affe, ich hab' euch erkannt, alle vier, ohne es zu wissen. Wäre ich doch nie in dieses Haus gekommen, hätte ich euch doch nie wieder gesehen."

Sie setzte sich auf den Bettrand, und ihre Gedanken wanderten, wanderten zurück, Jahr um Jahr. Sie kam sich sehr lieblos vor, weil sie keinen Funken Freude über das Wiederfinden ihrer Mutter empfand. Tröstlich war zwar der Gedanke, nicht krank zu sein, aber das wog das Gefühl einer schrecklichen Verlorenheit nicht auf.

Ulrich beobachtete seine Mutter mit Sorge.

Jetzt mußte sich zeigen, wie es um ihr Seelenleben stand. Alles war so unglaublich, unfaßbar, erstaunlich, einmalig! Ihn selber warf es beinahe um. Er hätte am liebsten laut geschrien, um sich von dem ungeheuren Druck der Seele zu befreien. Das konnte bei Mama nicht gutgehen.

Aber Damaris Monheimius schrie nicht. Sie weinte und lachte ohne Aufhören, stammelte unzusammenhängende Sätze: „Sabine, ich habe Sabine wiederbekommen! Wie Hiob – ich hab' oft darüber gelächelt – das gibt's ja nicht. O Gott, ich danke dir – vielleicht träume ich das alles nur – Ulrich, sag, daß ich wach bin, sag, daß es wahr ist. Sabine – deine Schwester – warum schaust du so verstört drein? Freust du dich nicht – Papa, was wird Papa dazu sagen? Ruf ihn an, er soll kommen ..."

„Es muß wohl wahr sein", sagte Ulrich endlich mit schwerer Zunge. „Das eine Wort allein hätte mich nicht überzeugt. Hutzelmännchen, ja, so sagte Sabine. Ich erinnere mich, denn in meinen Gedanken und Vorstellungen habe ich den Bergmann auf dem Glasbild nach Sabines Art auch so genannt, obwohl ich mich nicht darauf besinnen kann, daß ich dieses Wort je ausgesprochen habe. Das Hutzelmännchen allein wäre mir kein Beweis, vielmehr das andere, Ulrikes Vorstellungen, sie sei hier schon einmal gewesen. Sie hat so manches wiedererkannt."

„Als ich sie Biene nannte, umarmte sie mich und sagte ‚Mama'. Das ist auch ein Beweis, und jetzt fühle ich's auch, was ich immer nur unbestimmt empfunden habe, eine innere Verbindung, eine Zuneigung, die mehr war als Sympathie. Nicht wahr, mein Sohn, auch du bist davon überzeugt, daß es Sabine ist?"

„Wenn es sich mit Sicherheit wohl auch nicht nachweisen lassen wird, so ist es doch sehr wahrscheinlich. Wieselchen sagte so bestimmt: ‚Natürlich ist es Fräulein Sabine, ich habe es gleich gesehen.' Ob Papa davon zu überzeugen ist, bleibt abzuwarten. Er hat nicht miterlebt, was sich eben abgespielt hat. Er wird es nüchterner beurteilen."

„Sabine selbst ist davon überzeugt."

Ulrich hatte nicht den Mut, die Freude seiner Mutter einzudämmen. Sie sah nicht die Probleme, die unweigerlich aus der veränderten Lage erwuchsen. Da war nicht nur Papas Urteil, auch Pastor Körber hatte ein Wort mitzureden. Wie würde dessen Frau reagieren? Ulrichs größte Sorge blieb die Frage, wie seine Mutter das alles verkraften würde. Wenn es nur für sie keine bösen Folgen hatte.

„Woran denkst du, Ulrich? Du siehst nicht gerade fröhlich aus. Hast du Angst – ich könnte –? Nein, sei ohne Sorge! Ich bin froh, ich bin glücklich, ich bin dankbar. Sabine! Welches Geschenk! Unfaßbare Barmherzigkeit Gottes. Ich bin es nicht wert. Auf welche Weise wir einander gefunden haben, das ist ein Wunder. Das muß Papa doch begreifen!"

Ulrich hob die Schultern.

„Papa, das ist mir nicht das Wichtigste. Denk an Herrn Körber und seine Frau."

„Pastor Körber, natürlich, und Esther muß es auch erfahren. Wie lange ist der Pastor nun schon bei ihr? Wir sollten sie anrufen."

„Man kann ihr unmöglich am Telefon sagen, was hier geschehen ist."

„Du hast recht. Ich bin ganz durcheinander." Damaris lachte. „Es ist doch ganz normal, daß ich jetzt durcheinander bin, nicht wahr? Das ist bestimmt nicht krankhaft."

„Nein, Mama! Ich selber bin verwirrt und durcheinander. Laß uns mal ganz ruhig und vernünftig überlegen."

Der melodische Dreiklang der Türglocke unterbrach ihn. „Das könnte Herr Körber sein."

Ulrich war noch vor Wieselchen an der Tür. Damaris, die ihm gefolgt war, sah Esther im Türrahmen.

„Damaris, Schwesterherz!"

„Esther, liebe, gute du!"

Sie lagen sich in den Armen.

Ulrich wandte sich ab.

Was für ein Tag!

Er gab Pastor Körber einen Wink mit den Augen. Sie überließen die Schwestern ihrer Freude und ihrem Schmerz, flüchteten auf die Terrasse.

„Wenn Mama das auch noch verkraftet, dann kann man nur von einem Wunder sprechen, von einem medizinischen Wunder. Es geht nicht nur um die Versöhnung zwischen den Schwestern. Wir haben eben etwas Unglaubliches erlebt. Mich als völlig Gesunden wirft es beinahe um."

„Ein Tag großer Ereignisse also, mein lieber Herr Ulrich. Mir wird es schwer, Ihnen noch weiteres zuzumuten, noch ein Wunder, wenn Sie so wollen. Auch wir, Frau Riedinger und ich, haben etwas Außerordentliches erlebt. Wo ist Ulrike? Sie müßte es zuerst erfahren."

„Ulrike? Sie ist in ihrem Zimmer. Es wird mir schwer, Ihnen zu sagen, was sich herausgestellt hat, ganz zufällig durch ein einziges Wort. Ich nehme es Ihnen nicht übel, wenn Sie es nicht glauben können."

„Zufällig, sagen Sie? Das Wort gefällt mir nicht. Wollen wir nicht alles, was geschieht, als Gottes Führung ansehen?"

„Ja, so ist es, Gottes Fügung, eine erstaunliche und nicht ausgesprochen glückliche Fügung. So gesehen, läßt sich alles leichter ertragen."

Die beiden Schwestern kamen aus der Halle, beide erregt und mit strahlenden Augen.

Esther rief aus: „Sie weiß es schon, Herr Pastor, sie weiß es! Während wir nach dem Bild suchten, haben sie einander erkannt. Damaris und Sabine, ihre Tochter!"

Weder für Damaris Monheimius noch für ihren Sohn Ulrich bestand der geringste Zweifel daran, daß Ulrike Sabine Monheimius war. Es bedurfte gar nicht der erneuten Erzählung des Pastors, um die beiden zu überzeugen. Das Foto, das Herr Körber damals von Sabine gemacht hatte, wollte man zwar gerne haben, aber nicht, um der Sache sicher zu sein.

Langsam ebbte der erste große Sturm ab. Die überstarke seelische Spannung, von der keiner der Beteiligten verschont geblieben war, ließ nach. Frau Monheimius bat ihren Sohn: „Ruf Papa an, er soll und muß es so bald wie möglich erfahren. Und dann sollte sich jemand um Sabine kümmern.“

„Das werde ich tun“, sagte Herr Körber, ging hinauf und klopfte leise an die Tür.

„Machst du mir auf, mein Kind? Ich bin es, Vater.“

Das Mädchen öffnete und ließ ihn ein. Ihr Gesicht war vom Weinen gerötet und verquollen.

Herr Körber setzte sich mit ihr auf den Bettrand, legte den Arm um ihre Schulter und fragte: „Wie kam es nur, Ulrike, daß du mit einem Male wußtest –“

„Es war der Raum. Alles darin erkannte ich, die Sessel und die Hocker, obwohl einiges anders war als früher und als ich es im Gedächtnis hatte. Dann sah ich das Hutzelmännchen. Als ich das Wort herausstotterte, rief Mama: ‚Bienchen, Biene!‘ Es war derselbe Ton, es war dieselbe Stimme, das bekannte Wort: Biene – Bienchen. Ich kann es dir nicht erklären. Es war wie Blitz und Donner zugleich. Ich wußte plötzlich: Es ist Mama, und da hatte sie auch schon die Arme nach mir ausgestreckt.“

„Stell’ dir vor, ganz unabhängig von euerm Erkennen haben wir, Frau Monheimius’ Schwester und ich, an Hand eines Bildes von dir als dreijähriges Kind das gleiche festgestellt. Du bist wirklich Sabine Monheimius."

„Ich brauche kein Bild, Vater. O wie gut, daß ich nicht Vater und Mutter zu sagen brauche. Sie sind es gewöhnt, Mama und Papa genannt zu werden. Nein, ich brauche kein Bild. Ich weiß jetzt, warum mir alles so bekannt war. Was soll nun werden? Was wird Mutter dazu sagen? Und was sagst du dazu, Vater, mein lieber Vater? So erfreulich es für Frau Monheimius sein mag, vielleicht auch für Ulrich, wie wird es Herr Monheimius aufnehmen? Ich muß mich erst daran gewöhnen, Mama und Papa zu sagen. Lieben? Ich weiß nicht einmal, ob ich sie jemals lieben kann, wie sie es vielleicht erwarten."

„Dich trifft es am härtesten, ich weiß. Wir werden es nur ertragen können im Glauben an Gottes Führung. Wenn wir an das eigenartige Zusammentreffen mit Familie Monheimius und an die Folgen denken, dann ist das eine Kette von Ereignissen – wie ein Puzzlespiel, das nun zu einem Bild zusammengesetzt ist. Für deinen Schmerz, Ulrike – ja, ich kann dich noch nicht anders nennen – für deinen Schmerz, den du jetzt durchleidest, gibt es nur ein Heilmittel, den Glauben. Gott tut nichts ohne Grund."

„Ich weiß, Vater, ich glaube und suche auch nur da Trost, wo er mir gewiß ist. Wie geht es Mama?"

Herr Körber atmete tief. Daß Ulrike danach fragte! Dieser Frau, die sie gepflegt hatte als eine

Fremde und von der sie nun wußte: sie ist meine Mutter, ihr galt ihre erste Sorge. Er war sich dessen gewiß: Sabine würde ihre Mutter so lieben können, wie sie es sich wünschte.

Monheimius war in einer Sitzung und bei Ulrichs Anruf nicht zu erreichen. Ulrich bat die Sekretärin, ihm auszurichten, er möge bitte so bald wie möglich nach Hause kommen.

Kurz darauf rief er an.

„Was gibt es so Dringendes? Ist etwas mit Mama?"

„Nein, Papa, es handelt sich um Ulrike."

„Ulrike, wieso? Was ist denn los?"

„Ich mag das am Telefon nicht mit zwei Worten sagen."

„Ist sie krank? Verunglückt? Sag's schon."

„Wenn du es nicht anders willst, Papa, Ulrike . . ."

Ulrich zögerte noch immer.

„Was ist mit ihr, so rede doch!"

„Ulrike ist Sabine, unsere Sabine!" sagte Ulrich endlich.

„Was sagst du da?"

„Ulrike, Schwester Ulrike, die Adoptivtochter Pastor Körbers ist unsere Sabine, Sabine Monheimius."

Einen Augenblick schwieg die Stimme am andern Ende, dann die erregten Worte: „Unsinn! Ich habe Sabine am 10. Dezember 1943 in Leipzig begraben."

Ulrich hörte, wie sein Vater den Hörer krachend auflegte.

Er konnte seinen Vater nicht sehen, der vor dem Apparat saß und den schwarzen Kasten anstarrte.

Ulrike ist Sabine?

Monheimius sah das Mädchen die Treppe herunterkommen in ihrem neuen Kleid, vorgestern abend war es gewesen.

Sie sah aus wie Ris, als ich sie kennenlernte, huschte es ihm wieder durch seinen Kopf. „Unsinn", sagte er ärgerlich vor sich hin. „Mögen sie auch alle übergeschnappt sein, ich lasse mich nicht verrückt machen. Wie sind sie nur auf die Idee gekommen, Schwester Ulrike sei Sabine?"

Er bemühte sich, diese Gedanken von sich zu schieben. Es gelang ihm nicht. Früher als gewöhnlich fuhr er nach Hause.

Obwohl sich der erste Sturm bereits gelegt hatte, fand Eugen Monheimius die Familie und die Gäste in erregten Erörterungen.

Sie waren in der Halle versammelt, Ris und Ulrich, Pastor Körber und Ulrike, bei der Monheimius nun allem inneren Widerstreben zum Trotz die große Ähnlichkeit mit seiner Frau feststellte. Esther und Ruth, alle schauten ihn an, und er blickte von einem zum andern, bis sein Blick an Sabine hängen blieb.

Ruth, die einzige, die das Geschehen mit einer gewissen Leichtigkeit von der positiven Seite nahm, rief aus: „Onkel Eugen, sieh dir deine

Tochter nur genau an, Ulrike ist deine Tochter, ob du es wahrhaben willst oder nicht. Es ist nicht nur ihre Ähnlichkeit mit Tante Ris, wir haben Beweise, massenhaft Beweise."

„Massenhaft ist etwas übertrieben", sagte Esther.

Monheimius überfiel sie mit Fragen.

Noch einmal wurde das Geschehen von den Dezembertagen des Jahres 1943 in allen Einzelheiten aufgerollt. So sehr Monheimius sich auch innerlich sträubte, er mußte seinen Irrtum zugeben, den Trugschluß nämlich, das tote Kind im Sarg, in Sabines Mantel gehüllt, sei seine Tochter gewesen.

„Wenn du mir nur einmal erzählt hättest, woran du Sabine erkannt haben wolltest", meinte Ris, „ich hätte dir sofort sagen können, Sabine hat das Mäntelchen gar nicht angehabt."

Esther ließ sie nicht weiterreden.

„Der Irrtum ist durch die Schwesternhelferin entstanden, ha, jetzt fällt mir ihr Name ein, Fräulein Klatt. Sie hat das Kind, das Pastor Körber auf dem Arm hatte, als Ulrike Zambelli identifiziert. Davon müssen wir ausgehen."

Herr Körber nickte.

„So ist es. Alle meine Nachforschungen nach Verwandten drehten sich um diesen Namen, um das Kind Ulrike Zambelli. Wollen wir diesem Fräulein Klatt nach einem Vierteljahrhundert deshalb einen Vorwurf machen?"

Monheimius gab sich noch immer nicht zufrieden. „Bleibt die Frage offen, wie das Kind im Sarg zu Sabines Mantel gekommen ist."

Fast gleichzeitig antworteten Ulrich und Herr Körber: „Das ist leicht zu erklären."

Ulrich überließ dem Gast das Wort.

„Ich war bestimmt schon über alle Berge, als die Trümmer der Häuser nach Toten abgesucht wurden. Höchstwahrscheinlich hat Sabines Mäntelchen irgendwo in der Nähe herumgelegen, und man hat die unbekannte Leiche . . ."

„Denkt denn keiner an Ris?" rief Monheimius aufgeregt, „dieses Gerede von Trümmern und Toten und Leichen!"

„Ja, es ist schrecklich", sagte Ris. „Ich glaube, wir sollten von etwas anderem reden, von – von –"

„Von Gottes wunderbarer Fügung."

„Meinetwegen", sagte Monheimius, „obwohl ich von dieser sogenannten Fügung nicht viel halte. Nehmen wir Sabines Heimkehr als gegeben."

Er nahm Sabine in die Arme.

„Bekomme ich jetzt endlich einen Kuß von meiner Tochter?"

Sabine wehrte sich nicht gegen ihres wahren Vaters Zärtlichkeit. Mit einem Lächeln küßte sie ihn rechts und links auf die Wange.

Von einer großen Heimkehrfeier, die er vorschlug, war niemand begeistert.

Blieb die Frage, ob Sabine am andern Tag mit Herrn Körber abreisen wollte. Monheimius konnte dem bittenden Blick seiner Tochter so wenig widerstehen, wie er den Wünschen seiner Frau nie Widerstand geboten hatte.

Mit dem Problem, wie die Pflegemutter auf das Ereignis reagieren würde, befaßte er sich keinen Augenblick.

Nach dem Abendessen verabschiedeten sich Esther und Ruth.

Ulrich bat Sabine: „Geh zu Mama in ihren kleinen Salon. Gönne ihr noch eine Stunde des Alleinseins mit dir."

Er kehrte in die Halle zurück.

Sein Vater lief ruhelos hin und her. Pastor Körber saß schweigend in einem Sessel und wartete auf sein Stichwort.

Monheimius aber wandte sich zunächst an seinen Sohn.

„Bei allem, was in diesen Tagen und vor allem, was heute geschehen ist, interessiert mich die Frage, wie du als Arzt über Mamas gegenwärtigen Zustand denkst."

„Ich kann nur staunen, Papa. Die Art, wie Mama dem Ansturm der Ereignisse standhält, kann man nicht allein auf ihre Aussprache mit Herrn Körber zurückführen. So wichtig für sie die Aussprache war, und wie wirksam eine solche Aussprache in vielen Krankheitsfällen psychischer Art auch sein mag, so wenig dürfen wir annehmen, diese Aussprache allein habe Mama gesunden lassen. Nach allem, was wir heute erlebt haben, bin ich von Mamas völliger Genesung überzeugt."

„Bitte, erkläre mir das! Es geht mir darum, zu erfahren, wie so etwas möglich ist und wie du als Arzt es beurteilst."

„Erklären, Papa, kann ich das nicht. Es gibt Dinge, die kann man nicht erklären. Auch heute sind medizinische Rätsel nicht selten. Warum sagt man denn: Nach dem heutigen Stand der Wissenschaft? Weil man längst erkannt hat, daß es noch viele unbeantwortete Fragen gibt."

„Gott hat eingegriffen, Herr Monheimius", kam Pastor Körber Ulrich zu Hilfe, „Gott ließ Ihre Frau genesen."

„Gott –!" Spott lag in Monheimius' Stimme. „Das ist für mich keine Erklärung."

„Ihre Frau ist gesund geworden, das ist eine Tatsache. Für den Gläubigen ist es ein Wunder."

„Ja, Papa, so empfinde ich es auch, so sehr sich mein Verstand sträubt, von einem Wunder zu sprechen. Auch Sabines Heimkehr ist ein Wunder. Das liegt außerhalb jeder menschlichen Erklärung. Ich wüßte nicht, wie man ein Wunder ‚erklären' könnte."

„Zufall, mein Sohn, sonderbarer Zufall, das eine wie das andere."

„Wollen Sie alles das, dessen Sie in diesen Tagen Zeuge geworden sind, wirklich als Zufall abtun? War es reiner Zufall, daß Ihr Sohn in der gleichen Klinik arbeitete, in der Ulrike, ich meine Sabine, als Schwester tätig war? Ist das Zusammentreffen von Mutter und Tochter in jener Klinik Zufall? Die Zuneigung Ihrer Frau zu Sabine, ohne eine Ahnung zu haben, wen sie vor sich hatte – ist das ein Zufall? Auch die Einladung in Ihr Haus? Zufall das Treffen der beiden jungen Mädchen, Ruth und Ulrike, verzeihen Sie, ich sage noch immer Ulrike. Zufall, daß der Name Zambelli fiel und Ihre Schwägerin aufmerksam wurde? Ich bitte Sie, Herr Monheimius, finden Sie nicht selber, daß das Wort Zufall hier wirklich nicht angebracht ist?"

„Ja, Papa, das ist mir zu billig: Zufall! Gott hat uns zusammengeführt. Er hat mich angenommen, hat Mama zu sich zurückgeholt und sie gesund gemacht, und Sabine, meine kleine Schwester, deine Tochter, ist mir der Wegweiser zu Jesus gewesen. Du willst Gott nicht wahrhaben. Du kommst mir vor wie ein Anarchist, der die Staatsgewalt nicht anerkennen will. Deswegen besteht sie aber doch. Ach, wenn ich doch die rechten Worte fände, dich zu überzeugen!"

„Bemühe dich nicht, mein Sohn! Mich überzeugt nichts und niemand."

„Dennoch können Sie nicht abstreiten, daß Ihre Frau gesund geworden und Ulrike Ihre Tochter Sabine ist."

„Was die Gesundheit meiner Frau anbelangt, so wird erst die Zukunft zeigen, wie es damit bestellt ist.

Sabine erkenne ich selbstverständlich als meine Tochter an. Sie wird eines Tages zusammen mit Ulrich zu gleichen Teilen mein Vermögen erben. Daher muß ihre Identität von den Behörden bescheinigt werden. Wer aber nimmt mir ab, daß wir nach fünfundzwanzig Jahren den Irrtum vom Dezember 1943 mit einem Male geklärt haben?"

„Die Presse wird daraus vielleicht eine Sensationsmeldung machen."

„Das werde ich zu verhindern wissen. Das fehlte gerade noch, Sabine, unsere Familie mit Fotos und allen Einzelheiten durch die Druckerschwärze gezerrt. Natürlich wäre das für manche Leute ein gefundenes Fressen. Heimkehr nach fünfundzwanzig Jahren! Was für eine Schlagzeile. Sagen Sie doch selbst, es ist die unwahrscheinlichste Geschichte, die ich je gehört habe."

„Sie ist fast so unwahrscheinlich wie die Geschichte der Linda Morgan, von der Sie seinerzeit gewiß gehört haben."

„Nicht, daß ich wüßte. Was war mit dieser Linda?"

„Sie wurde in den Schlagzeilen aller amerikanischen Zeitungen ‚Das Wundermädchen' genannt. Bei dem Zusammenstoß des italienischen Luxusdampfers ‚Andrea Doria' mit dem schwedischen Passagierschiff ‚Stockholm' wurde Linda Morgan aus ihrer Kabine auf der ‚Andrea Doria' auf die ‚Stockholm' hinübergeschleudert und überlebte. Ihre Schwester, die im unteren Bett der gemeinsamen Kabine schlief, war unter dem zerschmetterten Bug der ‚Stockholm' ums Leben gekommen. Es gab keine Zeitung, keinen Reporter, der diese Rettung nicht ein Wunder genannt hätte. Dagegen ist das Auffinden Ihrer Tochter gar nicht so unwahrscheinlich. Trotzdem werden sich die Zeitungsleute sofort auf dieses Ereignis stürzen, wenn es bekannt wird."

„Wie gesagt, ich werde dafür sorgen, daß es nicht allgemein bekannt wird. Weder Sabine noch sonst jemand aus der Familie, am wenigsten Ris, sollen neugierigen Reportern ausgesetzt werden."

„Mir ist es nur lieb, und ich bin Ihnen dankbar, Herr Monheimius, wenn Sie uns allen derartiges ersparen könnten."

„Jawohl, ich kann es. Ich kann es mit dem geschmähten Mammon. Ob Sie es mit Ihrem Gott fertigbrächten, bezweifle ich."

„Lassen Sie es doch einmal darauf ankommen."

„Ich denke nicht daran. Ich habe meinen gesunden Menschenverstand, um zu verhüten, was ich verhütet haben möchte."

„So bleibt mir nur, Ihnen zu danken – zu danken für alles, was Sie und Ihre Frau mir und Ulrike, Verzeihung, Sabine, geboten haben. Zu danken für Ihr Entgegenkommen in bezug auf unsere Abreise morgen; zu danken für das Verständnis, das Sie meiner Frau entgegenbringen, der ich nicht gern telefonisch oder schriftlich von der veränderten Lage berichtet hätte; ja, ganz besonders dafür zu danken, daß sich im Grunde genommen nichts zwischen Ihrer Tochter und uns als Pflegeeltern verändert."

„Schon gut, schon gut! Verlieren Sie nicht so viele Worte über Selbstverständliches."

„Ich kann nur eins für Sie tun, und daran können Sie mich nicht hindern: Ich werde für Sie beten."

„Ha, beten! Und was gibt es für mich zu beten?"

„Daß Gottes Gegenspieler nicht gewinnt."

Ris Monheimius an ihren Sohn Ulrich

Mein lieber Sohn!
Papa ist, wie jetzt so oft ausgegangen, und das Haus ist sehr still. Gestern hat er sich – wie immer, wenn er bei Sabine gewesen ist – mit seinen Freunden im Partykeller getroffen. Wenn zu mir auch nichts von dem Lärm heraufdringt, da die Räume gut isoliert sind, weiß ich doch aus den ersten Jahren meiner Ehe, wie es dort zugeht.

Papas Großzügigkeit, nach der Du fragst, sieht so aus: „Du kannst beten, soviel du willst; du kannst zu deinen frommen Leuten gehen, so oft du Lust hast; du kannst in der Bibel lesen, soviel es dir Spaß macht, aber aus meinem Haus wird kein christliches Vereinshaus gemacht." Das heißt: An einen Bibelhauskreis oder an ein Zusammenkommen mit Gleichgesinnten in unserm Haus ist nicht zu denken. Ich kann meine neuen Freunde und Bekannten, die Leute aus dem Bibelkreis, dem ich mich durch Tante Esthers Vermittlung angeschlossen habe, nicht zu mir einladen.

Ich respektiere Papas Wunsch, auch wenn er verreist ist. Er fährt jetzt jedes zweite Wochenende zu Sabine. Freitags nach Büroschluß braust er im Wagen davon und kommt sehr spät am Sonntagabend zurück, manchmal erst am Montagmorgen. Zwei oder drei Tage später folgt ein großes Gelage, wie ich es oben erwähnte. Ich habe den Eindruck, er muß sich betäuben.

Deine und meine Bekehrung sowie Sabines Wiederfinden hat alles zerstört, was ihm lieb und wert war und was seiner Vorstellung von einer glücklichen Familie entspricht. Papa tut mir sehr leid. Er ist allein, wir leben nebeneinander her. Er hat nicht den Trost, der mir geschenkt ist. Es gibt so viele Dinge, die ich nicht mehr mit anhören, die ich nicht mehr mittun kann. Es ist mir unmöglich, zu gesellschaftlichen Veranstaltungen mitzugehen, wo man gedankenlos in Worten und Liedern Gott lästert und alles, was mit der Kirche und dem Glauben zusammenhängt, bestenfalls aus Tradition beibehält, im übrigen jedoch Gott einen guten Mann sein läßt – wie man so sagt. Schon dieser Ausdruck scheint mir frevelhaft. – Es verträgt sich einfach nicht, heute in der Bibelstunde über Gottes Wort nachzudenken und darüber zu sprechen, und morgen bei irgendeiner weltlichen Festlichkeit eine Glosse anzuhören, in der kleine Engel mit niedlichen Teufeln schäkern. Mich hat das schon immer gestört, aber ich habe es früher hingenommen mit der Entschuldigung, es sei ja nur ein Spiel, bei dem sich niemand etwas denkt.

Aber heute erscheint mir gerade dieses „Sich-nichts-dabei-Denken“ so schrecklich.

Wie wahr ist das Wort Jesu: „Ich bin nicht gekommen, um den Frieden zu bringen, sondern das Schwert.“ Du kannst es in Matthäus 10, 34 nachlesen. Auch die folgenden Verse treffen auf unsere Lage zu.

Wir haben nun zwei Kinder, genau genommen aber keins. Für mich erfüllen sich in Euch, besonders in Dir, lieber Ulrich, meine Jugendträume und -wünsche. Allerdings mit einem großen Unterschied. Dir und Sabine geht es darum, Gottes Willen zu tun und nicht den eigenen Ehrgeiz zu befriedigen. Darum habe ich Deinem Wunsch, nach Johannesburg zu gehen, ohne Einwände zugestimmt. Sabine kann in dem Heim für behinderte Kinder ihre Kraft und ihre Liebe verströmen und ist, wie mir ihre Briefe bestätigen, froh über diesen Dienst.

Du fragst, was Papa unternommen hat, um Sabine als seine Tochter auszuweisen. Das ist geregelt. Er hat es auch fertiggebracht, den Zeitungsleuten, die von der Sache Wind bekommen haben – ich frage mich, wie das eigentlich möglich ist – den Mund zu stopfen. In der Zeitung hat nur eine kurze Notiz von fünf Zeilen gestanden, unauffällig zwischen nebensächlichen Tagesmeldungen.

Wann, mein lieber Sohn, werden wir uns wiedersehen? Ich weiß, im Grunde genommen ist das, was in unser aller Leben quer gelaufen ist, meine Schuld. Ich bin durch viele Jahre meines Lebens einen Irrweg gegangen, und nicht nur ich habe darunter zu leiden. Ich habe Papa und Dich, unbewußt auch Sabine, schwer belastet durch mein eigenwilliges Tun, aber ich weiß, daß alles vergeben ist, weil ich es unter das Kreuz Jesu gebracht habe. Darum ist nun meine Seele heil, und was mir auch noch an Lasten auferlegt wird, das brauche ich nicht allein zu tragen.

Deine und Sabines Briefe sind mir immer eine große Freude. Unser himmlischer Vater weiß, daß ich „des alles" bedarf.

Gott segne und behüte Dich!

Deine Mama.

Sabine an Pastor Körber und seine Frau

Lieber Vater, liebe Mutter!
Eure lieben Zeilen auf meinen ausführlichen Bericht von meinem neuen Arbeitskreis liegen nun schon eine ganze Woche zur Beantwortung auf meinem Tisch. Wenn ich Euch nun erzähle, womit meine freien Tage ausgefüllt sind, werdet Ihr verstehen, warum ich Euch auf Antwort warten ließ.

Papa hat mich gleich nach meiner Rückkehr aus unserm Schweizer Urlaub besucht. Sobald er auftritt – es ist wirklich ein regelrechter Auftritt –, bin ich von jedem Dienst befreit. Mir ist völlig klar, wie das zugeht. Mit Geld kann man wirklich viel machen. Ich weiß nicht, wieviel er für unsere Arbeit an den behinderten Kindern hier im Heim gespendet hat. Jedenfalls fühlt man sich verpflichtet, seinem Wunsch zu entsprechen, am Wochenende über mich verfügen zu können, so oft er kommt. Mir ist das gar nicht lieb, aber ich bringe es nicht fertig, mir Papas Art der Fürsorge und Zuneigung zu verbitten.

Es ist nun schon das dritte Mal, daß er mich besucht. Wir fahren dann an einen schönen Ort: Sankt Moritz, Zermatt, das vorige Mal an den Genfer See. Wir übernachten in erstklassigen Hotels. In den Zimmern versinken meine Füße in dicken Teppichen. Ich habe ein eigenes Bad, Telefon, Fernsehen und allen Komfort. Wir dinieren fürstlich, und Papa sorgt dafür, daß ich diesem Milieu entsprechend angezogen bin. Ich glaube zwar, ich war immer gut angezogen, wenn ich Zivil trug. Aber Papa hat etwas andere Vorstellungen von der Garderobe einer jungen Dame, wie er mich nennt. Ich spüre, er ist sehr stolz auf mich und läßt sich gerne mit mir sehen. Mehr als einmal ließ er durchblicken, wie gern er mich für immer in seinem Hause haben und in seine Gesellschaftskreise einführen möchte.

Ich kann meinen Beruf nicht aufgeben und bei meinen leiblichen Eltern wohnen. Mir sind die hilfsbedürftigen Kinder hier im Heim schon sehr ans Herz gewachsen, und sie erwidern meine Liebe mit kindlicher Zuneigung und Vertrauen. Ich habe kein Verlangen nach einem Drohnenleben im

Hause Monheimius. Wann wird Papa das einsehen? Er lebt in einer anderen Welt und versteht die meine nicht. Ich glaube, er liebt mich sehr, und mir tut es weh, seine Liebe nicht in gleicher Weise erwidern zu können. Ich zweifle an der sogenannten Stimme des Blutes, die ein Kind zu den Eltern zieht. Nach unseren schönen Urlaubswochen fühle ich deutlicher denn je, wie nahe Ihr mir seid und wie groß die Kluft ist, die mich von Papa und Mama trennt.

Mama allerdings kann ich herzliche Briefe schreiben. Selbst über die Entfernung hinweg wissen und fühlen wir, daß wir eines Geistes sind. Ich habe Papa gebeten, Mama mitzubringen. Er aber lehnt es ab mit der Begründung, wir würden dann doch nur vom lieben Gott sprechen und von „diesem Jesus" – das ist so seine Rede. Dafür mache er die weite Reise nicht. Ich könne, wenn ich Sehnsucht nach Mama hätte, jederzeit nach Hause kommen. Dabei ist er mir gegenüber sehr aufmerksam und liebevoll. Er führt mich nicht nur durch die Landschaft, sondern auch in Museen und Bildergalerien, nachdem er herausgefunden hat, wo meine Interessen liegen. Letzten Sonntag hörten wir in Genf ein meisterhaftes Sinfoniekonzert alter Meister. Ja, er sucht mich auf jede nur mögliche Weise zu erfreuen und strahlt, wenn ich ihm mit einem Kuß auf beide Wangen danke.

Er fragt mich, ob ich nach Hause käme, wenn er einmal krank und pflegebedürftig sei. Ich hätte beinahe gesagt, er bekäme für sein Geld jederzeit eine erstklassige Pflegerin und sei nicht auf mich angewiesen. Doch besann ich mich beizeiten, wie lieblos allein dieser Gedanke ist. Was Papa braucht, ist Liebe und nicht die perfekte Pflege. Liebe kann er sich in der Welt für kein Geld kaufen. Ich sah so etwas wie einen Schimmer von Glück in seinen Augen, als ich nach kurzem Zögern antwortete: „Wenn du mich gern haben möchtest, Papa, werde ich dich so liebevoll pflegen, wie es mir möglich ist." – „Da möchte man fast wünschen, einmal krank zu sein", sagte er mit einem Lächeln.

Ab und zu kommt es zu einer kleinen Debatte über Gott. So zum Beispiel, wenn ich mit Papa auf einer einsamen Höhe stehe und den Blick wandern lasse. Da überkommt mich spontan die Freude an Gottes Schöpfung, und ich breite die Arme aus und juble: „Herr, wie sind deine Werke so groß!" oder ein ähnliches Bibelwort. Papa sorgt dann für Ernüchterung. So sagte er neulich, es war auf dem Gornergrat: „Du liebst die kranken Kinder mehr als deine leiblichen Eltern. Wie ist das in Einklang zu bringen mit deinem Glauben an Gott?"

Papa meint immer wieder, wenn es einen Gott gäbe, hätten all die Verwirrungen in unserer Familie, d. h. der Familie Monheimius, nicht geschehen dürfen. Ich sagte ihm, was Du, lieber Vater, dazu geäußert hast, als wir in Grindelwald einmal über Gottes Führung in meinem Leben sprachen, nämlich dies: In meinem wirklichen Elternhaus hätte ich Jesus wohl kaum kennengelernt. Da brach Papa das Gespräch ab. Er war sichtlich verstimmt.

Ihr wißt, was mir Jesus und mein Glaube bedeuten. In den letzten Wochen ist er mir besonders wichtig geworden. Ich kann ohne ihn nicht leben. Im Glauben an seine Führung habe ich beinahe alles überwunden, was mich bedrängte und bekümmerte, und habe nun auch meine neue Existenz angenommen. Ich kann die Trennung von Euch und von meinem Bruder Ulrich ertragen und glaube, daß ich trotz der Entfernung Mama eine kleine Hilfe sein darf.

Ja, liebe Mutter, lieber Vater, auch Ihr müßt mich nun entbehren. Es ist nicht mehr so wie früher, als Ihr von Frankfurt aus schnell einmal für einen Nachmittag zu mir kommen konntet oder ich zu Euch. Mein Pflichtenkreis war zwar groß, und ich hatte viel Verantwortung, aber die Arbeitszeit war geregelt. Hier fühle ich mich verpflichtet, die Freizeiten, die Papa für mich erwirkt, immer nachzuholen. Dadurch wird sogar die Zeit zum Briefschreiben eingeengt.

Habt Ihr Nachricht von Ulrich? Er schrieb mir aus Johannesburg sehr zufrieden. Er glaubt, an dem Platz zu stehen, den Gott ihm zugewiesen hat. Für ihn ist die Trennung von seinem Elternhaus nicht so arg wie für Mama. Wir wissen beide, wie schwer es für sie ist, ihre Kinder in weiter Ferne zu wissen. Mama rechnet schon jetzt aus, wieviel Wochen bzw. Monate es bis zu meinem nächsten Urlaub sind, den ich, gemäß Papas Abmachung mit uns allen, im Hause Monheimius verbringen soll und natürlich auch verbringen werde. Vielleicht könnt Ihr es so einrichten, daß Ihr Euren nächsten Urlaub hier in der Nähe verbringt.

Immer wieder möchte ich Euch danken für alle Eure Liebe. Ihr habt mich nicht nur aus den Trümmern gerettet, sondern aus einem Leben der Gottferne.

Der Herr erhalte Euch noch lange in Gesundheit. Er segne und behüte Euch und segne Eure Arbeit.

In Liebe umarmt Euch Eure

Ulrike geb. Sabine